1 — Un animal traqué

— Comment vous appelez-vous ?

L'homme qui parle a son visage tout près du mien. Bien trop près. Je peux sentir son souffle. Je n'aime pas cela. Il me regarde avec des yeux clairs, bien trop clairs. Ces yeux qu'ont les gens qui vous piquent et vous perçent sans le vouloir. Mes poignets me font mal. Je sens mes pulsations cardiaques dans ma jugulaire, comme après un choc. Le visage de cet homme est toujours trop près de moi. Son regard insistant est mal venu. Je ne me souviens pas de ce que je dois répondre. Je veux essuyer ma bouche que je sens poisseuse et engourdie. Mais je ne peux pas.

— Votre nom ?

Je dois avoir l'air hébété. Moi-même je le sens. Mon rythme cardiaque pulse dans mes tempes à présent. Mes poignets me font toujours mal. Je suis à genoux sur le sol. Ce doit être une cuisine. Le carrelage est à damier noir et blanc. J'ai l'impression d'être une pièce d'échec.

— Je vous ai demandé votre nom.

Je regarde les carreaux noirs sur le sol. J'ai l'impression qu'ils sont bien plus grands que les blancs. Ils avalent la lumière comme un gouffre sans fond. J'aimerais me jeter dans cet abîme et disparaître. Trois gouttes de sang se perdent sur les carreaux blancs. Je ne suis pas à l'aise à ce moment précis. Je ne sais plus pourquoi je suis là.

La main de l'homme aux yeux d'acier prend mon menton et le relève. Je n’aime pas qu’il me touche. Je ne suis plus au bord du gouffre noir et blanc. Je suis sur la berge des yeux clairs. Je n'aime pas son air sévère. Son menton arrogant et son front fuyant.

Un visage en oxymore. Il semble sorti d'une époque ancienne. Un temps où l'on n'avait pas d'égard pour les gens.

— Madame, regardez-moi. Je vous ai demandé votre nom.

— Juliessa.

— Juliessa comment ?

— Juliessa BAS.

Je n'aurais pas dû lui donner mon vrai nom. Je suis fatiguée. Mes poignets me font de plus en plus mal.

— Madame, nous allons vous emmener au poste. Vous allez être placée en garde à vue. Vous avez été prise en flagrant délit de cambriolage. Est-ce que vous comprenez ce que je dis ?

Il me regarde avec les mêmes yeux, le même air. Rien n'a changé sur son visage. Il aurait très bien pu être une image.

— Madame, est-ce que vous comprenez ce que je dis ?

— Les menottes me font mal.

Je viens de reprendre pied et je réalise ce qui se passe. Il ne me répond pas. Il se tourne vers un autre homme qui s'est approché.

— Elle est encore dans le brouillard. On va l'emmener.

Quelques minutes plus tard, je suis dans la rue, je marche péniblement en boîtant. Les mains menottées dans le dos et les deux gorilles en étau. Une pluie fine scintille sur mes yeux. Du bleu, du rouge, les lumières dansent au rythme lent de nos pas. Je suis comme un golem encore en gestation qui sortirait de sa glaise.

Ils me font asseoir à l'arrière d'une voiture. Ca sent le neuf et la sueur. Le propre et le sale en même temps. Ce concept stupide m'obsède. Nous roulons. L'homme qui conduit me dévisage dans le rétroviseur. Ses yeux ont comme un petit rictus satisfait. Celui de ceux qui sont persuadés d'avoir vaincu. Sa main s'approche du petit miroir collé sur le parebrise. Je le vois basculer. Je me vois dans la glace. Mes cheveux noirs emmêlés, mes yeux verts. Du sang coule de mes lèvres.

— Une tigresse qu'on a capturée. Lâche les yeux clairs.

Je regarde par la fenêtre les maisons qui défilent. De somptueuses propriétés. Des parcs. Les pelouses sont très vertes. J'ai toujours voulu être là. J'aime cet endroit. C'est ma mine de diamants. Mais les deux gorilles m'en arrachent. La victoire des macaques.

Les rues défilent, s'enfilent, la voiture avance. Nous passons devant une foule hypnotisée autour d'un clown sur le trottoir. Notre voiture ralentit. Mes deux gorilles observent eux aussi le clown étrange. L'homme au nez rouge tourne lentement la tête vers nous. Il me regarde les yeux ecarquillés. C'est le monde à l'envers. Il semble se moquer de nous. De moi surtout. La foule continue de le dévisager sans nous prêter attention. Alors que lui, le clown, ne regarde que nous. Les yeux rivés sur moi, il sort une immense carte de tarot de sa veste. La faucheuse, la mort en robe noire. Il montre la carte du doigt, puis pointe son index vers moi, moqueur et accusateur. Je détourne les yeux. Mes deux gorilles ricanent bruyamment comme des singes au volant. Notre voiture d'hominidés reprend sa route et m'emmène dans la tanière simiesque.

Je suis dans une salle tout en verre baignée d'une lumière verticale très puissante. On dirait un faisceau venu du ciel qui abat son souffle divin et vengeur sur la table. Sur la table, des outils de précision, des fils de laiton et trois machines que je connais par cœur. Un spectromètre à densité variable, un scanner à cliquet et un endoscope 5mm à vision 180°.

La chemise en cravate debout en face de moi me parle les mains dans les poches, comme les gens qui manquent de confiance.

— On n'a pas de fichier sur vous. Et pourtant le matériel qui était en votre possession devrait nous dire le contraire. On aime les gemmes ? Surtout celles des autres ? Mais moi, j'aime pas ça.

Cet homme doit être au sommet de son talent oratoire avec son calembour. Son air satisfait a tout dit. Sa chemise est presque translucide. On dirait du papier à cigarettes. Une piètre qualité de texture, de la fibre sans personnalité, sans âme. Ses chaussures sont molles et sans forme. On dirait des résidus d'écorce assemblés par la nature. Du « pas fait exprès », de l'accidentel. Son costume est mal coupé, mal taillé. Ses mains se perdent sous des manches trop longues. Du sur-mesure fait avec la mesure des autres comme aurait dit mon père.

— Vous allez comparaître devant un juge demain matin. On vous transfère au dépôt.

Je regarde la pendule sur le mur. Je comprends que notre conversation à sens unique a duré. Le monologue de la cravate a mené à cette conclusion : la parution devant un juge. Parler pour ne rien dire. Et ne rien dire, pour le geôlier, c'est avouer. Je ne suis pas friande des joutes oratoires avec des bretteurs de treize mots.

Quand les menottes me quittent la porte clique. Ma cellule est sombre, sale et froide. Rien de neuf. De la lumière aux ténèbres. Dans un endroit comme celui-là, on ne peut que réfléchir. Rien sur les murs ne porte à discussion. Le lit est une paillasse. Les fenêtres sont un souvenir. Un barrage pour l'avenir. Les cellules ne sont pas faites pour les gens debout. Elles forcent l'affaissement. La paillasse m'invite à m'asseoir avec son air indigent. La boiteuse accepte l'invitation et je m'assieds, le dos contre le mur, péniblement. Peu à peu la pièce me paraît moins sombre. Mes yeux s'acclimatent. Les murs que je croyais nus, sont en fait irréguliers dans leur surface. J'y vois des méandres et des vagues d'aspérités. Comme des estampes japonaises, je devine tout un monde en filigrane.

J'ai toujours pensé qu'il y avait autant à regarder dans un mur de pierres que dans un paysage de montagne. Tout est dans la tête. Elle est lourde. Je m'installe sur le flanc comme un animal blessé. Le mur m'offre à présent un panorama bancal. Mes paupières trop lourdes remportent la victoire sur mes yeux curieux.

Cette nuit-là, je rêve. Je revis la journée passée. Ma passion au dessus de mes moyens m'a conduite jusqu'à un coffre-fort dans la demeure d'un richissime industriel indien.

Vole.
Vole.
Vole quand bien même tu y perdrais des plumes.

Mon endoscope à la main gantée de noir, je fouille la serrure et explore le ventre de la bête. Elle porte en son sein des pierres précieuses comme une mère trop fertile. Je suis la femme pas assez sage qui va la délivrer de sa progéniture. Terriblement vibrante, terriblement vivante. L'âme affûtée. Un œil par la fenêtre, des jardiniers font la toilette du parc. Je reprends mon exploration. Je mène la danse des cliquets de la serrure sauvage. Comme un dresseur de clefs qui pourrait s'en passer.

Un bruit derrière le mur me fait sursauter. J'entends des gens qui parlent. Je sors doucement l'endoscope de la serrure et le repose dans le sac à mes pieds. Il faudra que je revienne. La partie semble remise pour aujourd'hui. Je ferme mon sac et le remets en bandoulière. Je me relève et m'approche à petits pas de la porte. Je n'entends plus les voix. Je dirige lentement ma main vers la poignée, la saisis et la tourne. J'ouvre au ralenti et jette un œil. Personne dans le couloir. Je sors. C'est par la cuisine au rez-de-chaussée que je suis entrée. C'est par la cuisine au rez-de-chaussée que je vais m'en aller. Quand je répète mes phrases c'est que je suis contrariée. J'avance à pas de velours sur le damier noir et blanc. J'évite les carrés noirs. Soudain un cri strident me perce les tympans :

— LADRONA ! LADRONA ! LADRONA !

Une femme enrobée de noir et blanc et armée d'un plumeau se tient à trois mètres de moi. Elle hurle en pleurant.

— LADRONA ! LADRONA !

C’est la sonnette des larmes.

J'ai juste le temps de sentir un coup violent derrière la tête et de me voir chuter sur les carreaux. Je suis le boxeur qui n’entend pas huit, neuf, dix. Je suis le menton fêlé qui embrasse le carrelage, je suis le dragon terrassé, la bête au tapis, l’animal meurtri, à l’agonie.

Je me réveille en sursaut sur ma paillasse. La cellule. Les murs. Le commissariat. C'est bien ça. Je suis là.

Je suis ici et maintenant.

Quelques heures plus tard, je suis devant un café trop serré et une brioche abîmée. Dans un bureau vieillot à la peinture jaunie. Un homme au front ridé assis à son bureau fait cliquer son stylo. Je n'ai qu'une main pour manger. Attachée à ma chaise.

Puis dans un autre bureau, un homme prend ma déposition. Des termes "proto-colère" pour signifier le début de mes ennuis.

Une heure plus tard, une nouvelle pendule sur un nouveau mur. Je suis devant un juge, qui d'un air fatigué me met devant le fait accompli. Je suis mise en examen pour tentative de cambriolage et intrusion sur une propriété privée. Il me dit tout cela sur un ton détaché, comme un garçon de salle me détaillerait la carte des desserts. Je sais d'emblée que mon cas ne l'intéresse pas. Je ne suis pas un gros poisson pour lui. Mon arrestation ne fera pas avancer sa carrière. Je reste fixée sur ses oreilles extrêmement décollées. Comme un papier peint qui voudrait se faire la belle. Il m'indique que mon nom n'est répertorié nulle part et comme j'ai refusé de donner mon adresse, ils vont me garder à vue. Désormais, je regarderai tout cela d'une autre oreille.

De palabres en paperasses, le temps passe. Je demande à aller soulager un besoin naturel, un cas de force majeure. Je suis accompagnée par un jeune policier en uniforme, qui semble presque être mineur. Il attend devant l'entrée des toilettes pour dames. À l'intérieur, je suis tentée par la fenêtre qui me fait de l'œil. On est au rez-de-chaussée. Quelques secondes plus tard, je suis sur le trottoir. Je passe devant la guérite occupée par un maton bavard en pleine palabre avec un livreur.

Si j'avais été Pablo Escobar, mes toilettes auraient été quelques étages plus hauts j'imagine.
Pas une alarme, pas un gendarme, rien que la rue, et son vacarme.

Sur le trottoir j'oublie de boiter, j'oublie ma douleur, j'oublie tout. Je suis en cavale.
Quelques couloirs de métro plus tard, j'arrive dans ma rue. Mon activité m'a fait oublier l'utilité des clefs. Je sonne chez la gardienne. Elle m'accompagne et m'ouvre mon appartement. Elle me parle de ma lèvre, de mon menton, je ne l'écoute presque pas.

En trente minutes, j'ai fait une valise définitive. Je suis au volant et je file vers l'Italie.

La fin d'après-midi se pâme sous des pancartes routières en italien. J'arrive dans le petit village de mon enfance. La valise à la main, je suis devant ma boîte à lettres. En majuscules je lis en souriant, gravé sur la plaque de laiton :

JULIESSA BAS, et griffoné dessous au canif :
JE SUIS LÀ-BAS

C'était il y a longemps.

Le soir, je dîne en terrasse. Tout en balançant doucement mon verre de valpolicella, je scrute les alentours. La rue est calme. Des couples se promènent. Une tarrantelle commence au loin dans les ruelles. Lentement, j'avale le nectar des dieux qui protègent les femmes en cavale.

Je finis ma soirée sur le port, en marchant normalement. Mon boitement a disparu emportant la douleur. Les couleurs des maisons de pierres peintes font comme une mosaïque sur toile qui se reflète dans l'eau. La douceur de l'air me réconforte. Je suis une fugitive en balade. La décontraction fautive volée aux bien-pensants. Aurais-je dû accepter ma punition ? Il faudra que j'y réfléchisse. On paie toujours. Tôt ou tard, mais on paie toujours. Je me suis souvent posé la question, en éludant.

Me disant que jamais l'argent n'avait été la raison. Jamais.

Les diamants uniquement pour ce qu'ils sont, pas pour pour ce qu'ils valent.

Le lendemain, je flâne dans les ruelles du village, au soleil de mes souvenirs. Le vent bleu me caresse le visage et les cheveux. Des enfants jouent sur la fontaine. Je passe devant l'église. La grande porte en bois sculpté est entrebaîllée. J'y entre comme attirée par mes pêchés. Dans l'ornière de la nef, des flamèches dansent sur les cierges en rangs serrés. Sur une colonne de marbre, le Christ souffre sous le regard de sa mère. Sur le sol de l'allée centrale, un labyrinthe en mosaïque a perdu des morceaux. Je me dis que le résoudre ne doit plus être possible. Je m'assieds sur un banc de bois froid qui craque sous le peu de mon poids. Je ne suis pas venue pour une prière. J'aime le charme calme des temples vides. Le refuge d'une diablesse en détresse.

J'entends des petits pas derrière moi. Un prêtre de deux mètres passe juste à côté de moi. Un colosse aux pas d'enfant. Je suis incrédule. Il doit bien peser 150 kilos. Il s'arrête à ma hauteur si l'on peut dire, et un sourire apparaît dans les méandres de sa barbe de viking.

— Juliessa ?

Il vient de dire mon nom. Je regarde l'homme des bois sans comprendre.

— Tu ne me reconnais pas ?
Cette voix.

— Père Honorius ?

— Oui Juliessa. Ta mère te ressemblait tellement. J'ai tout de suite sû que c'était toi.

— La dernière fois que vous m'avez vue ici, je devais avoir sept ans.

— Oui, tu avais dérobé le cristal de l'autel.

Renvoyer le passé des gens en plein dans leur figure est une activité d'imbéciles. Je déteste ça. Il m'avait terrorisé pour ses petits morceaux de cristal, ce géant niais.

— Pour moi c'était des diamants.

— Ta mère m'avait parlé de ton penchant pour les minéraux en grandissant.

Ça y est, le prêtre me fait son sermon. Les gens ne savent pas tenir leur langue. La confession donne à des gens ce qui ne leur appartient pas. Comment ma mère a-t-elle pu tout raconter à un homme qui porte une robe avec une barbe ?

Mes doigts croisés entament un moulinet des pouces. Il me regarde l'air gourmand comme si j'étais une friandise. Sa taille le fait ressembler à un prédateur qui salive devant une proie minuscule. Il reste là sans rien dire à me regarder, le visage trop prêt de moi. Encore une fois. J'ai un problème avec cela.

Il me scrute profondément et me murmure :

— Quand on cherche quelque chose, on ne peut trouver que ça. Peut-être qu'à un moment donné de son parcours, il faut savoir se poser la question : « Est-ce que je cherche la bonne chose ? Et est-ce que je cherche dans la bonne direction ? » La condition première de la récompense ou du pardon commence par le changement.
Il faut d'abord se mettre en quête de sa propre écoute.

— Pour le moment, je suis plutôt en quête de retraite et d'isolement.

— C'est une bonne chose Juliessa. L'introspection n'est pas l'apanage de toutes les brebis égarées. Souvent, leur hauteur d'esprit ne leur permet pas.

Avec très certainement un rictus méprisant et agacé sur les lèvres, je lâche :

— « Adieu Padre. »

Je me lève et quitte les lieux en frappant du talon, mes pas résonnant plus fort que ceux du géant.

Je l'entends loin derrière-moi lâcher d'une voix gutturale :

— Réjouissez-vous avec moi, car j'ai retrouvé ma brebis qui était perdue ! De même, je vous le dis, il y aura plus de joie dans le ciel pour un seul pêcheur qui se repent, que pour quatre-vingt-dix-neuf justes qui n'ont pas besoin de repentance !

La brebis égarée plonge dans un bain de soleil en sortant du temple.

La froideur et le malaise laissent la place aux rayons de l'astre blond. Sur la place de l'église, des enfants encerclent deux garçons qui miment une lutte acharnée. Je m'approche et les observe un moment. L'un blond, l'autre brun, tous deux entament une sorte de danse guerrière, comme des gladiateurs dans une arène minuscule. Leurs petits pieds soulèvent la poussière, ils semblent deux anges en conflit dans les nuages, entourés de chérubins curieux. Je reste là, le regard perdu sur le cercle des anges et l'esprit vagabond dans mes frasques passées.

Je me revois à sept ans sur cette même place ensoleillée. Je suis devant l'entrée de l'église. Le temple des diamants. Je songe à pousser la porte, mais je suis là hésitante, perdue dans le dilemme de l'honnêteté et du vice. Attirée par l'éblouissement des cristaux, je pousse finalement la porte du temple et me dirige vers l'autel. Le Christ me regarde de haut. J'ai l'impression qu'il me suit des yeux. Mais ses mains sont clouées, je sais qu'il ne bougera pas. Je gravis les trois marches de l'autel et arrive devant les cristaux posés sur une toile rouge. Je regarde les reflets qui scintillent. Un coup d'œil en arrière. Le Christ n'a pas bougé, mais ses yeux semblent me fixer. Un regard profond et réprobateur, celui d'un adulte qui a oublié que lui aussi a probablement été un enfant...

— Vous croyez que c'est mal ?
Dis-je en le regardant. Le Christ reste muet. La douleur dans ses poignets doit l'empêcher de parler. Les clous sont quand même bien grands pour un homme si mince.

Je prends les cristaux et les fait rouler entre mes doigts. Le faisceau est fascinant, je suis absorbée toute entière dans le rayon de leur lumière. Je vais les emmener. Je sais bien que c’est mal. Mais je les veux. Je les place dans l’unique poche de ma blouse et redescends de l'autel. Le bruit de mes pas emplit l’espace froid de l’église toute entière. Mes petits talons résonnent comme ceux d'un géant.

Arrivée devant l'homme sur la croix, je lui dis :

— Tu es puni ?

N'obtenant pas de réponse, je parle à sa place avec une grosse voix :

— Oui. J'ai été puni. Et toi aussi tu seras punie !

Tout en imitant cette voix d'ogre, je tords ma bouche prenant un air arriéré. Je le sais, mais c'est bon. Puis je quitte les lieux en sautillant comme un insecte inconscient.

Je suis toujours là, devant les anges qui combattent dans leur cercle sacré. Leur danse continue inlassablement. Je repars dans les ruelles entre l’ombre et la lumière.

Quand l'après-midi commence à faire ses adieux, je suis encore en train de marcher. Je suis passée de l'autre côté du port. J'ai traversé le pont qui relie la ville en pierres jaunes à la ville aux pierres colorées. Je suis maintenant du côté des maisons mosaïques. Le soleil déclinant éclabousse cette palette de peintre lui donnant des reflets magiques. Je m'assieds à la terrasse d'une brasserie. Sur la devanture, des lettres d'or : "Cerberus Calderone" en calligraphie de pleins et déliés.

Je commande du Riesling et des fruits de mer. Je défais mon chignon, et laisse mes longs cheveux noirs couler sur mes épaules. Le vin blanc tourne dans mon verre, traversé par les faisceaux du soleil couchant. Les langoustines affalées sur la glace pilée ressemblent à des dragons vaincus que je m'apprête à dévorer. La chair de la mer qui valse avec la sève des vignes. Le crabe est couché sur un lit de goémon tel un fauve aux reflets d'émeraude. Je le creuse.

Un peu partie, un peu lasse, je rentre.

Cette nuit de sommeil est la plus étrange et sereine à la fois que j'ai connue jusque-là. Fugitive et légère, je m'endors et je rêve. Je rêve d'anges et de dragons. De gladiateurs et de soleil. De nuages et de chaînes brisées. Je m'envole comme une plume. Puis mon rêve se termine dans une bulle. Je suis dans une bulle qui flotte au dessus de la jungle.

Un volcan.
Une cascade.
Et rien d'autre.

Des oiseaux sifflent et chantent. J'ouvre les yeux. C'est le matin. Je suis toujours en liberté. Même pas surveillée. Je reste un long moment à savourer ma condition, allongée sur mon lit de femme libre. Après une douche purificatrice, après le baiser de mon flacon de parfum dans le cou, je descends chercher des croissants. Un café. Pour moi seule dans ma cuisine. Je repense aux dernières heures. Je rassemble les données de ces derniers jours. J'ai mis Orfeu Negro sur la machine à sons. « Manha de Carnaval ». Cette voix envoûtante me plonge dans une sorte de méditation attentive sur ce que je suis, ce que je vais devenir. Ce que je dois devenir. Sur le mur, je fixe la seule photo de ma mère. Une photo en noir et blanc sur laquelle elle avait griffonné *Les mots doux sont plus légers que l'amour*. C'est vrai que je lui ressemble. Elle est debout devant un temple en grosses pierres au milieu d'immenses feuilles de palmes. Ça date de son voyage en Indonésie. Un an avant ma naissance.

J'ai toujours eu cette photo de ma mère dans ma chambre depuis toute petite. Je me demande même si ce n'est pas elle qui l'y avait placée. Comme pour me dire quelque chose. Et juste à côté, il y a cette autre photo : ma grand-mère faisant le grand-écart, debout, maintenue par plusieurs bras anonymes. Une photo qui a toujours été étrange et grotesque à mes yeux, mais que j'ai toujours vue épinglée sur ce mur. Une septuagénaire que l'on force à faire un numéro de cirque pour rappeler les feux de la rampe de son passé glorieux. Une danseuse étoile qu'on écartèle quand elle a les cheveux blancs, c'est sordide. Grotesque. J'imagine la retraite que l'on réserve aux anciens lutteurs...

Une belle journée s'annonce. Par la fenêtre, le ciel est d'un bleu assourdissant. Ce bleu qui fait vibrer le cœur et les oreilles. Ce bleu qui noie et enrobe. Ce bleu profond et serein. Ce bleu immense. Ce bleu magique. Ce bleu, c'est tout.

Je sors acheter quelques journaux français, comme piquée par une curiosité orgueilleuse. Je suis déçue. Aucun entrefilet sur mon évasion. La FRANCE m'ignore dans ma cavale. Déception mal placée. Je suis folle. J'imagine la panique que j'aurais ressentie si j'avais fait la une. Relativise ma fille. Tu n'as tué personne. Tu n'as même pas ouvert le coffre. À l'heure qu'il est, ils n'ont toujours pas trouvé l'adresse de ton appartement. Ils ne cherchent peut-être même pas. Ils ont bien d'autres problèmes à régler, autrement plus importants que de trouver ta cache. Ce loft vide que tu n'as jamais voulu meubler. En me grattant le menton, je songe à cela. Je n'ai jamais meublé mon appartement. Mon attirance pour les pierres précieuses m'a toujours éloignée de toute autre idée d'acquisition. Pas de dépenses somptuaires, pas de vie de nabab, alors que j'aurais pu.

Ce n'est pas l'apât du gain au sens pécuniaire qui motive la petite panthère aux gants noirs. Juste les diamants, simplement le cristal, rien que la lumière. Et c'est tout. Cette obsession pour la lumière dans la pierre. Le liquide qui s'oublie dans le solide. Perdue dans ces considérations physiques et chimiques, je suis toujours en train de marcher, mes journaux ouverts à la main comme un plan de route inutile. Je ne sais pas par quel chemin je suis passée.

Je m'arrête. Je regarde autour de moi. Une vitrine me sourit. Des photos de bords de mer et d'arbres exotiques. Végétation luxuriante. Luxe. Luxure. Riante.

J'entre dans l'agence de voyage.

2 — Qui viendra m'y chercher ?

Vole quand le jour se lève.

L'avion qui m'emporte, file entre les nuages. Ces nuages faits d'eau ne savent même pas qu'ils devraient être de glace par moins cinquante degrés. Je n'ai jamais bien compris cette histoire...

Sept escales pour brouiller les pistes de mon escapade. Même si je sais que tout cela ne sert à rien parce que personne ne me recherche, ça me fait quand même plaisir, cela me procure un léger frisson de mythomane.

Vole quand s'éteint le jour.

Sur le dernier trajet, je suis assise à côté d'un vieil homme à la peau très sombre. Durant des heures, il ne décroche pas de son journal. Caché derrière, je ne vois que ses mains anguleuses et ses cheveux blancs ébouriffés. Je ne lis pas les caractères orientaux. L'homme ne tourne même pas les pages de son journal. Face à moi, la Une de son quotidien montre une photo de ce qui semble être une mine de charbon en feu ou quelque chose du genre, qui laisse dégager une épaisse fumée noire. Au premier plan, deux ouvriers casqués portent un foulard blanc noirci sur la bouche et le nez, les yeux couverts de suie.

Dans un anglais à couper au couteau, le commandant de bord nous annonce juste avant l'atterrissage, que nous traversons une pluie sale. Il emploie précisément cette expression « pluie sale », « Dirty Rain ». Je ne pense même pas à faire le rapprochement avec la Une du magazine. Quelques minutes plus tard, le grand oiseau de métal qui me porte dans son ventre se pose à Jakarta.

À l'ouverture des portes, le choc thermique entre l'habitacle de l'avion et le dehors me fait l'effet d'une gifle brûlante sur le visage. J'entre dans la file indienne qui quitte le sas. Arrivé en bas de l'escalier collé à l'avion, tout le monde se retourne sur la carlingue avec un regard étrange.

Je regarde à mon tour. Elle était d'un blanc immaculé à notre départ. Elle est à présent d'un noir mat et profond. On ne distingue même plus le nom de la compagnie sur le flanc. Juste du noir. Rien que du noir.Un manteau de charbon.

Ça lui donne l'air d'un immense corbeau pétrifié sur le tarmac. La longue file de passagers quittant le bord, continue de regarder ce gigantesque volatile noir tout en avançant vers l'aéroport. Mon regard accompagne celui des autres.

Les passagers que nous sommes, entrent dans le ventre de Sœkarno-Hatta, cet aéroport, construit par des français. À la douane, mon cœur commence à battre plus fort. Je suis seule à m'en rendre compte. La chaleur ne m'aide pas. Personne ne m'aide. Je suis seule. C'est mon tour.

L'homme derrière le guichet me fixe. Je lui tends mon passeport sans trop y croire. J'ai cette sensation stupide et désagréable qui me fait penser que tout va bien se passer, tout en sachant que ça va déraper. Comme celui qui perdrait le contrôle de son véhicule, et qui vous regarderait, vous le passager, en vous disant « Ça va aller, ça va bien se passer ! » On sait tous que non, ça ne va pas bien se passer, lui surtout le sait. Mais il ment tout de même l'imbécile !

L'homme saisit mon passeport du bout de l'index et du pouce, comme s'il était couvert de saletés. Je le regarde, puis mes yeux scrutent aux alentours. Je sais que ça va arriver, et je ne veux pas voir ça. Je ne veux pas voir cet homme appeler ses collègues. Je ne veux pas les voir arriver, me regarder, puis m'encercler. Mon cœur bat tellement fort, que j'ai l'impression que tout le monde l'entend autour de moi. Mes yeux sont toujours ailleurs. Et là j'entends :

— Please !
Ca y est. Ça dérape, ça glisse, tout bascule.

Je suis dans la merde !
Je déteste ce mot. Mais il n'y en a pas d'autre. C'est le seul.

— Please !
La voix a augmenté en intensité. Beaucoup plus aggressive aussi.

Je lève les yeux pour voir ses collègues autour de moi prêts à me menotter.

Je sens une main qui se pose sur mon épaule. Je me retourne au ralenti. Mon corps entier est engourdi. Je suis anesthésiée. Mes paupières clignotent dans un rythme lent, ce rythme qui nous dit que l'on va perdre connaissance dans un instant. Ma tête continue de tourner. Cette main sur mon épaule commence à serrer, me pincer. Une main anguleuse, des cheveux blancs ébourrifés. L'homme au journal. Il l'a toujours à la main. D'un hochement de menton, il me montre le guichet. Je me retourne encore une fois. Le douanier a le bras tendu vers moi, il me tend mon passeport :

— Please !

En un éclair, je suis revenue à moi. Du ralenti je suis passée à la vitesse de la lumière. Je suis revenue au temps présent.
La file d 'attente.
Le guichet.
Mon passeport.
Le douanier qui ne connaît qu'un seul mot « Please ».

J'ai simplement droit au regard inexpressif avec un signe d'agacement sur les lèvres. Je saisis mon passeport et quitte la file en direction de la sortie pour récupérer mes bagages. Ce moment m'a paru long et pénible. Une descente dans les abîmes de la syncope. Pourtant ça n'a probablement duré qu'un instant. Je passe devant une publicité pour un fabricant de perruques avec écrit en lettres immenses :

A
New
Identity

J'aurais dû y penser. Une perruque pour une nouvelle identité !

Lorsque je sors enfin de l'aéroport, j'éprouve comme une délivrance, qui aurait caché son nom depuis des jours. Enfin libre, vraiment libre. Au bout du monde, sans personne à mes trousses. Une plénitude chaude et vivifiante à la fois m'envahit, mélange de chaleur suffocante dans les poumons et de fraîcheur ressentie dans le cœur. D'un seul coup, j'aime ce choc thermique. J'apprécie enfin la gifle.

La sortie.
Une autre file d'attente.
Les taxis.
Le taxi des autres.
Mon taxi.
Mon flacon de parfum sorti de mes valises.
Mes bagages dans le coffre.
Mes fesses sur la banquette.
L'adresse de mon hôtel.
C'est parti.

Dans le taxi, je regarde le décor défiler derrière la vitre poussiéreuse.

Les pistes de l'aéroport.
Des avions.
Vole quand tu cours.
Le soulagement.
Des champs.
Des maisons.
Des immeubles.
Des maisons.
Des champs.
Des cabanes.
Mon flacon de parfum dans la main.
Le soulagement.
Des champs.
La jungle.

Des plantes d'un vert profond et lumineux. J'ai toujours voulu être là. Ici et maintenant. J'aime cet endroit. Ce sera ma nouvelle mine de diamants. C'est déjà ma destination, mon but, mon arrivée, mon alpha, mon oméga. Le bonheur ignore les autres quand on est au cœur de l'émeraude.

La tête appuyée de côté sur la vitre, je regarde défiler cet incessant cortège de chlorophylle, immense fleuve vert qui danse autour de moi, m'englobe, m'avale. Je me dis « j'erre ». J'appuie sur le bouchon vaporisateur de mon parfum. Il me souffle sur la gorge. Le vert a réveillé le sommeil en moi.

La radio du taxi passe un chœur de voix d'enfants qui chantent dans une langue probablement autochtone, des chants comme une nappe onctueuse qui m'enveloppe et me berce. Lovée sur la banquette, je m'endors.

Je fais un rêve. Je rêve que je suis au volant du taxi qui m'emmène. Il est surchargé. J'ai du mal à avancer. Le toit est surplombé d'une gigantesque tour faite de valises de métal brillant.

Le moteur est poussif, on dirait les poumons d'un vieux dragon tuberculeux. Des enfants courent à côté de mon taxi-escargot et chantent en m'accompagnant sur la route poussiéreuse. Leur mine me fait comprendre qu'ils se moquent de moi. Ils ne portent rien d'autre que leurs vêtements sales et débraillés, et regardent ma pile de valises d'acier avec un sourire amusé. Une des valises tombe du toit. Puis une seconde à son tour. Je réalise qu'elles sont fixées avec du fil à coudre. Qui a bien pu s'imaginer qu'un fil si mince retiendrait un tel volume et une telle masse ? Quelle idée saugrenue ! Et les valises continuent de tomber. Mais je ne peux pas stopper le taxi. Sans qu'on me l'ait dit, sans explication, je sais qu'il ne repartira pas si je l'arrête. C'est comme une équation acquise et non modifiable. Je me dis que si le poids sur le toit devient moins lourd, je pourrai peut-être avancer plus facilement. Mais ce n'est pas le cas. Mon taxi-limaçon est toujours essoufflé, et les valises d'acier continuent de tomber dans mon sillon. Je trouve la situation pénible. Je sais que ces valises sont pleines de choses qui me sont chères. Je suis en train de perdre mes affaires. Ce qui m'appartient tombe sur la route et je ne le retrouverai pas. Ce sera perdu pour toujours. Je suis désespérée. Mais les enfants imperturbables, et détachés de toute empathie pour moi, me moquent en chantant de plus belle.

Je me réveille, je suis toujours lovée sur la banquette à l'arrière du taxi, la radio passe toujours les chants d'enfants. Un panneau indique « Lampung ».

J'ignore combien de temps s'est écoulé durant mon sommeil. Mais, il y a une étape qui a disparu de ma chronologie : la trentaine de kilomètres de traversée en ferry pour rejoindre le sud de l'île de Sumatra à partir de Bakauheni - Merak, puis les soixante dix supplémentaires pour arriver aux environs de Lampung. Cent kilomètres passés nulle part. Disparus.

Je n'ai pas le moindre souvenir qu'on ait embarqué, puis débarqué. Rien. Le vide. Néant. Se pourrait-il que le chauffeur ait embarqué sur le bateau tout en me laissant dormir ? Je suis perplexe. Et ça ne me met pas spécialement à l'aise de ne pas maîtriser le temps autour de moi.

Soudain, le taxi ralentit, puis s'arrête complètement. J'ai un moment d'égarement et de doute. Est-ce que je suis encore dans mon rêve ? Non. Le chauffeur se retourne vers moi et lève son doigt en direction de la route en face de nous. Un énorme bœuf se tient sur ses quatre pattes, seul en plein milieu de la chaussée. Il nous regarde. Il me regarde. Nous sommes à quelques mètres de lui. Ses grands yeux aux longs cils me scrutent. Le chauffeur a un peu baissé le son de la radio.

Les enfants chantent comme au loin. Je ne dis rien, le chauffeur non plus. Ca va durer quelques minutes. Ca me paraît interminable, cette muette attente devant le bovidé, qui se décide finalement à reprendre sa route. Il contourne notre véhicule et passe au niveau de ma vitre. Il est à quelques centimètres de moi. Il ne me regarde plus, il fixe droit devant lui et avance doucement tel un vaisseau qui nous frôle sans le moindre bruit. Sa peau luisante semble faite d'airain. Une puissance phénoménale se dégage de sa démarche. Je me retourne pour le suivre des yeux. Il continue son chemin, puis, après nous avoir contourné, il se replace au milieu de la route qui lui appartient et s'éloigne dans la poussière qui l'avale peu à peu, jusqu 'à le faire totalement disparaître de mon champ de vision. Le taxi redémarre.

Plus loin sur notre interminable chemin poussièreux, le taxi ralentit de nouveau. Nous faisons un léger arc pour contourner un obélisque brisé à terre qui coupe la moitié de la route. Mon regard s'attarde sur les hiéroglyphes gravés sur la colonne couchée. Je suis étonnée de trouver un vestige égyptien ici. Je sais qu'il est inutile de demander des explications à mon chauffeur. Ce qui me semble étrange, lui, le traverse impassible et détaché. Les égyptiens prévoyaient-ils le temps qui passe ? Les hyéroglyphes parlaient-ils du temps actuel comme un memorendum ? Si oui, graver les murs auraient rapidement comblé tous les murs des temples et pyramides. Pour la suite de l'histoire en hiéroglyphes, on construit de nouveaux murs ? Comme on imprime un quotidien. Mais le papier prend moins de place. Moins d'espace.

Tout en pensant à cela, j'ai comme un sentiment de honte qui m'envahit. Pauvre honte coupable. Cette colonne de pierre brisée au sol, comme terrassée, me renvoie à la ruine de mes œuvres. Qu'ai-je construit ? Moi qui ne sait que voler. Ce mât brisé, c'est moi. Ce phallus de granit prétentieux à l'érection coupée, c'est la comédie sans fard de ma vie. Je déteste me renvoyer à mon propre jugement. Je déteste avoir raison quand j'analyse ce que j'ai de plus mauvais. Je déteste me mettre moi-même le nez dedans. Je me déteste.

Une demi-heure plus tard, nous arrivons à l'hôtel Aspaklaria. Un hôtel perdu au milieu d'une vallée, une montagne le surplombe et le miroir d'un fleuve se profile en contrebas.

L'hôtel est entouré, caché dans une multitude de palmiers gigantesques qui lui font comme un écrin cotonneux de feuilles et de bois. Un bijou nacré cerné de palmes d'émeraude. Le taxi s'arrête devant l'entrée de l'hôtel, au pied d'un immense escalier de marbre blanc. Le compteur me dit qu'il est temps de payer mon dû.

Je descends du taxi serrant mon flacon de parfum dans ma main. Le chauffeur ouvre le coffre et descend mes valises. J'observe la façade superbe, l'ensemble de l'architecture est tout neuf. Il s'agit d'un hôtel très récent, reprenant les codes graphiques d'un bâtiment antique, à la manière des anciens temples. La partie gauche de l'édifice est même encore en construction. Des échaffaudages encerclent deux étages sans fenêtres ni balustrades sur les terrasses. Toute cette portion est encore en gestation.

Je suis accueillie par un homme grand, fin, aux longs cheveux noirs attachés, à la peau mate et au port aristocratique. Un gilet de soie rouge emplit sa poitrine mince. Ses mains sont belles, bien dessinées, ses doigts sont admirables d'équilibre, des mains d'artiste. Un grand chien à la couleur de lion l'accompagne. L'homme incline légèrement la tête vers moi :

— Madame Juliessa BAS je présume ? Nous vous attendions. J'espère que votre transfert depuis l'aéroport s'est bien passé. Je vous souhaite la bienvenue à l'hôtel Aspaklaria. Mon nom est Bracine. Voici mon fidèle guide Garm.

Le mot « guide » fait écho dans ma tête. L'homme ne me regarde pas en face. Ses yeux sont presque fermés. Il est tout à fait clair que cet homme a perdu ou n'a jamais eu l'usage de la vue.

— Oui, lui dis-je. J'ai somnolé sur le trajet. La route était un peu poudreuse. J'ai hâte de prendre une douchc.

— Voici vos clés. Vous avez la chambre 10, elle est orientée Nord-Est. Vous aurez le soleil dès l'aube sur votre terrasse et une vue imprenable sur les hauteurs.

Il me tend une petite clé dorée attachée à une petite clé argentée, sur lesquelles est gravé le nombre 10.

— Je vais vous faire accompagner jusqu'à votre chambre dit-il tendant sa main vers un groom vêtu de rouge. Je vous verrai ce soir.

L'expression « verrai ce soir » me paraît louche.

Le chien Garm fait demi-tour et emmène avec lui la silhouette longiligne de l'homme au plastron rouge qui dit qu'il me verra ce soir. Je reste seule avec le groom. Le petit groom. Un groom minuscule qui saisit mes valises comme si elles étaient vides et les dépose avec grâce sur un chariot qui paraît avoir la taille d'une cathédrale à côté de lui.

Le groom microscopique pousse sa cathédrale à roulettes sur la rampe qui longe le grand escalier, et m'invite à le suivre, de sa bouche s'échappent des sons qui font TOC TOC. Je passerai par les marches. Il file comme un bateau sur l'eau. Il se retourne et m'attend tout en faisant TOC TOC. Je le rejoins, il redémarre.

Nous passons rapidement le hall d'entrée qui me semble sombre après la lumière du dehors. Je suis précédée du groom atomique jusqu'à ma chambre. Il pousse toujours sa cathédrale argentée avec mes valises. Le regardant dominé par mes bagages, je ne peux m'empêcher de repenser à mon rêve du taxi. Je l'entends qui fait TOC TOC avec sa langue chaque fois que nous passons devant une porte. Une dernière fois TOC TOC, puis nous sommes arrivés à la chambre 10.

Monsieur TOC TOC m'indique la clé dorée de son petit index, puis pointe son minuscule menton vers la serrure au dessus de sa tête. J'insère la clé d'or. La porte de ma chambre s'ouvre. Le groom liliputien dépose mes valises à l'entrée, puis disparaît au fond du couloir de l'étage , ne devenant plus qu'un point rouge scandant TOC TOC en s'éloignant.

Sans même jeter un œil à ma chambre, je me dirige immédiatement vers la salle de bain. Je défais mes vêtements. J'ouvre les robinets. Le cristal gicle sur moi. Une eau fraîche et limpide sur mon corps. Une douche merveilleuse. Le bonheur après la chaleur et la poussière. Je ne sais pas combien de temps je reste sous le filet d'eau, le plaisir est immense. Je regarde l'onde goutteler de mes cheveux noirs tombant sur mon visage.

Dans un des peignoirs blancs pliés à côté du lavabo, je finis par sortir de la salle d'eau pour découvrir ma chambre.

Les fenêtres donnent sur les hauteurs, comme annoncé. Mes valises défaites sur le lit, je vais sur la terrasse. La vue sur la montagne me submerge. Je me sens toute petite face à cette œuvre majestueuse de la nature. Un monstre de minéral et d'organique. Ce qui semble être une minuscule rivière se jette du sommet en un long fil d'argent reliant le ciel et la terre, tel un cheveu d'ange courant sur le flanc de cette grande demoiselle verte.

Dans ma chambre, un petit coffre-fort niché dans l'armoire me plonge dans des souvenirs d'effraction. À l'agence de voyage, j'avais spécialement demandé une chambre avec un coffre-fort plus élaboré que celui disponible pour les autres chambres.

Je caresse doucement la serrure comme un bourgeon sur le point d'éclore. Dans ma main, les deux clés tintinnabulent. Je prends la clé d'argent et la glisse dans la serrure. Elle entre. Je la fais tourner. Le cliquetis du loquet a un petit rire métallique que je connais bien. De mon vanity j'extrais une bourse de velours vert. Elle roule entre mes doigts. Je délace le cordon de soie qui l'étrangle et la lumière apparaît. De petits diamants se bousculent pour en sortir et me sourire.

Je savoure encore cet instant magique où je suis au bord de la lumière. Les faisceaux divins se jettent sur mon visage et dans mes yeux. Je ne me lasserai jamais de ce spectacle visuel. Le scintillement des diamants est une symphonie muette qui enchante les oreilles de l'âme. Je les remets dans leur nid douillet et les condamne pour l'instant à l'enfermement. Je clos la porte de leur citadelle d'acier cachée dans le ventre en bois de l'armoire. Quittant mon peignoir blanc, je sors une petite robe noire de mes bagages. Mon ami le flacon de parfum me souffle dans le cou. Et je quitte la chambre.

Dans le couloir, les murs sont couverts de miroirs. Mon image m'accompagne jusqu'à l'escalier. Je descends d'un pas lent les marches de marbre. Mes talons résonnent en un bruit clair et discret comme un concerto d'allumettes pas encore consummées mais sur le point de s 'embraser. Dans l'escalier, encore des miroirs. De marche en marche qui se renvoient sans cesse à moi-même.

J'arrive dans le grand hall d'entrée et le découvre vraiment, mes yeux se sont acclimatés. Ici aussi, des miroirs couvrent tous les murs. Des résidents vont et viennent dans un ballet incessant et nonchalant. Des couples et des silhouettes seules se multiplient dans les reflets, ils doivent vivre avec eux-mêmes, face aux miroirs, au réalisme de leurs illusions. Je m'arrête face à une immense glace cernée de dorures baroques, mélange corinthien et gothique. Je parais minuscule dans le reflet. Comme un groom en noir.

En arrière-plan de mon miroir, se dessine la montagne. La grande verte. Je soupçonne plus bas un horizon déchiré par le fleuve.

Soudain, une voix à côté de moi.

— Ils sont là pour conjurer l'ignorance de soi.

Je reconnais la voix du maître des lieux. Bracine se tient juste à côté de moi avec son chien-lion. Je ne les ai pas entendus venir.

— Qui ça ? dis-je.

— Les miroirs. Ils sont là pour nous rappeler qui nous sommes. L'oubli de soi est l'une des principales causes du mal-être des gens, Madame BAS. Mais pour moi, être au milieu des miroirs c'est comme être dans les bras d'un manchot.

Je le regarde sans comprendre. Comment a-t-il su que j'étais là ? Il reconnaît déjà ma voix ?

— Je connais le bruit des choses. Lâche-t-il. Et j'ai reconnu votre parfum.

Cette façon qu'il a de répondre à mes questions intérieures me met mal à l'aise. J'ai la sensation qu'il viole mon âme.

— Sans la vue, on est obligé de retourner à notre nom propre, ajoute-t-il.

— Vous parlez toujours par énigmes aux inconnus ?

— Voir n'est souvent qu'une illusion vous savez. Sans les yeux, on se connaît parfois mieux.

— C'est vous qui avez choisi de placer des miroirs partout dans votre hôtel ?

— Oui. Il faut du monde pour faire une fête. Les miroirs multiplient le nombre des invités.

— En apparence seulement.

— Pas seulement. Les gens sont bien avec eux-mêmes. Ce qui nous attire, c'est ce qui nous ressemble. Sans doute avez-vous déjà remarqué cela. L'attirance est basée sur ce principe. La réciprocité, le mimétisme, la similitude. Retrouver soi-même dans l'autre, dans son prochain, nous rassure tout en flattant notre ego. On est souvent bien plus à l'aise en terrain connu qu'en terre inconnue...
Je vous invite à aller écouter la harpe au jardin, près de la fontaine, elle l'accompagne au concert.

— La fontaine accompagne qui ?

Sans me répondre, l'homme qui fait des jeux de mots est déjà parti et s'efface avec son chien-lion dans le grand hall.

Me dirigeant vers la verrière ouverte sur le jardin, je perçois des notes de cordes pincées, j'entends les mélodies d'un passé qui je crois fût le mien, mais qui déjà est loin. Je sors à pas lents par une minuscule porte, au milieu des plantes vertes enchevêtrées qui dessinent le jardin.

Le son de la harpe se fait plus distinct. Une grande harpe dorée à trois cordes sur des plaques de marbre noir au milieu des palmes vertes. Une femme aux longs segments squelettiques assise sur un tabouret de velours rouge, joue une nocturne de Chopin. Je m'assied sur une des chaises libres placées éparses autour d'elle.

Quelques personnes sont déjà là. Je regarde la musicienne décharnée tout en savourant mes frissons de dilettante me laquer le dos. La harpiste n'a pas même un regard pour ceux qui s'attardent sur ses accords. Elle est en trance, comme en extase avec son instrument entre les jambes, qu'elle fait vibrer avec ses doigts.

Des couples se parlent doucement à l'oreille et s'embrassent. Un nouveau frisson me parcourt le dos, l'échine. J'écoute le bruit de mon cœur.

Ce moment pourrait durer l'éternité, m'emplissant d'extase, une plénitude hors du temps. Je comprends pourquoi on n'a jamais mis de « S » au bonheur. C'est l'instant. C'est maintenant. De la terre au ciel et du ciel à la terre. Longtemps après que la charmeuse de boyau de lynx a terminé la pièce du Maître, je suis encore assise là. Ici. Perdue au milieu des herbes sourdes.

Les couples ont quitté la place. Je suis seule avec moi-même, sans miroir. Je suis comme dans un enclos de liberté verrouillée dans mes yeux clos. À l'horizon de moi-même. L'essentiel ignore le substantiel. Dissolution et coagulation. TOC TOC.
Qui frappe à ma porte ?

TOC TOC.

J'ouvre les yeux. Le petit groom est devant moi. Il paraît encore plus petit dans cette jungle verte. Petit coquelicot flottant au milieu d'un océan d'émeraude.

— Madame, si vous voulez bien passer au Grand Salon, le cocktail de bienvenue va être servi.

J'acquiesce d'un hochement de tête et d'un sourire. Le groom repart comme je ne l'ai pas vu venir. Je m'accorde encore quelques instants avant de me lever. Je prends mon temps. Puis je retourne au Grand Hall et suis le mouvement. Les gens présents marchent tous dans la même direction. Véritable procession d'un culte inconnu. Sainte SANS NOM, nous arrivons au Grand Salon. Il n'y a pas le moindre miroir dans cette pièce couverte d'un dôme de verre. Ici c'est le cristal qui prime. Des montagnes de flûtes à champagne superposées comme des châteaux de cartes surplombent de longues tables couvertes de nappes blanches damassées. Un immense lustre aux gouttes de cristal est suspendu au dessus de nos têtes. Je suis intriguée par la finesse et l'apparente fragilité du cable qui le retient au centre du dôme de verre.

Ce lustre, véritable Epée de Damoclès démesurée qui pourrait aisément nous broyer, nous empaler. Et il y a du monde à écraser. J'ai le sentiment d'être la seule à percevoir ce danger qui se balance au dessus de nos têtes. J'imagine que toute la lumière qui se dégage de ce décor captive l'attention et fait oublier le reste. Tout est étincelant. Éclat précieux. Ce bain de clarté descend sur nous et nous emmène, nous transportant comme près des cieux. Au fond de la salle, une scène sur laquelle s'installent des musiciens et leurs instruments.

Bracine paraît avec son éternel compagnon le chien-lion.

— Chères amies, et chers amis, je suis heureux de vous compter parmi nous à l'hôtel Aspaklaria. Votre séjour ici puisse-t-il ne pas être seulement une étape mais bien plus que cela. Nous ferons en sorte que ce soit un changement dans votre parcours. Un moment inoubliable. Je vous invite à porter un toast à cette escale et à votre renouveau !

Une farandole de majordomes glisse parmi nous, portant chacun au dessus de sa tête un plateau d'argent garni de flûtes à champagne où danse le vin pétillant, comme un dragon du nouvel an chinois chaloupant sous la lumière, le dos couvert d'écailles de cristal pur où berce un onctueux nectar d'or.

L’orchestre se met à jouer un tango hors du temps. Quelques couples se mettent à danser. Je me mets en retrait pour observer cette faune en savourant mon lingot liquide.

Bracine s’est approché de moi comme guidé par son chien Garm.

— Vous trinquez ? Me dit-il.

— Vous croyez ? Les gens faisaient cela à l’origine pour être sûrs de ne pas être empoisonnés.

Il esquisse un sourire en tendant son verre. Ma flûte embrasse la sienne.

— Pour demain soir, je vous ai placée à la table de Madame Colomba et ses jumeaux. Ani COLOMBA. Je suis certain que vous vous entendrez bien. Ce soir je vous laisse profiter du buffet. La soirée sera clôturée par un feu d’artifice. Cela pousse le regard vers les cieux, et ça élève l’âme.

Je le regarde. Même sans voir, il m’observe. Il me pénètre au plus profond de moi-même. Je murmure doucement :

— Le bruit des choses.

— Oui, c'est précisément cela. L'absence de certaines facultés en décuple d'autres selon la sensibilité de la personne concernée. J'aime à penser que voir n'est en réalité qu'un handicap qui détourne l'attention des choses vraies. La lumière n'est qu'un concept. Elle peut se mettre à briller lorsque vous dormez, les yeux fermés. N'est-ce pas ?

— C'est assez vrai, oui.

— Assez pour vous aussi ?

— Que voulez-vous dire ?

— Je sens en vous quelqu'un qui cherche la lumière d'une certaine façon. Peut-être pas comme tout le monde...

— Pour éclaircir ma vie, oui. Je suis la route de souterrains incertains depuis trop longtemps.

Pourquoi lui ai-je dit cela ? Je ne le connais même pas.

— La clarté se mérite. Même si elle est là et qu'elle vous tend les bras, qu'elle vous invite, il faut savoir l'embrasser. Il faut l'envisager avant même de la comprendre et l'accepter.

— Je vais réfléchir à cela.

— Réfléchir, laissez cela aux miroirs. Le retour à vous-même n'est pas la bonne direction. Quittez-vous et suivez votre cœur, élevez-vous.

Il ne me pénètre plus seulement, il fouille en moi et me mélange. Il bouscule mon intérieur comme un sauvage, sans retenue, sans délicatesse. Brutal. Je reste là, ouverte et saccagée. Il me sourit et puis s'en va.

Je reste longtemps comme ça, prostrée, ma flûte muette à la main, un sceptre sans magie. Tel un fantôme abusé sans lendemain. Perdue parmi ces gens. On dit que la mauvaise graine a des liens par centaines, mais moi je suis seule et me sens nue dans la poussière et dans l'oubli. Absente de moi-même, dévorée de l'intérieur par un mage sans regard. Assemblage de cellules vides formant une cavité sombre. Violée toute habillée par un aveugle énigmatique qui ressemble plus à un gourou de secte qu'à un gérant d'hôtel de luxe. « Je vous invite à porter un toast à votre renouveau ! » Non mais, est-ce qu'on dit ça à ses hôtes quand ils arrivent à votre hôtel ? Pourquoi pas non plus un rite de passage avec des sonneurs de gong chauves, et une traversée pieds nus sur des braises ? Je n'aime pas ce genre de signaux. Ou bien suis-je la seule à les voir ? Cela ne semble pas déranger qui que ce soit autour de moi...

Je suis soudain tirée de ma torpeur par des fusées de toutes les couleurs et des claquements qui résonnent à l'extérieur. La foule se hâte vers les lumières, comme des insectes fébriles. Je suis les gens, portée par le flot de ces inconnus, une étrangère dans leur sillon, petite sculpture de papier plié flottant sur une rivière de curieux. Je me laisse bercer par cette houle qui m'enlève, me soulève et tourbillonne, puis s'apaise et se dissout comme une vague finissant sur le sable. Moi, petit origami en dérive, j'échoue sur la terrasse où se sont massés les invités.

Dehors, la nuit a écrasé le jour. Le ciel craque, la voûte céleste se fissure de centaines de points éclatants. Pluie d'étoiles scintillantes dans un vacarme de guerre. Nous sommes sur le théâtre d'un conflit cosmique. Aux premières loges du front. Sous le feu. Les murmures de la foule se transforment en cris de joie et d'étonnement. Comme des enfants devant un spectacle magique, les gens retombent en innocence devant le ballet des lueurs artificielles. Nous levons tous vers les cieux des yeux témoins d'une manifestation spatiale qui touche au divin. La montagne sort du noir pour se parer de reflets chamarés. Vision extatique pour nous pauvres mortels effleurant le ciel du bout des yeux, nous suggérant un fabuleux destin. Minuscules créatures à la lisière de l'immensité qui nous suggère une prudente humilité.

Épuisée par le voyage, les couleurs et les bruits de la journée, je regagne bientôt ma chambre, mon nid. Allongée sur mon lit, je repense à cette étrange journée. Un véritable périple dans l'ascenseur des sensations. Une contre-plongée dans un nouveau ciel. À la lumière d'astres neufs. Quitter ma vie occidentale à la lueur de nouvelles constellations, d'un nouveau jour. Même si tout le monde regarde le même soleil et les mêmes étoiles d'un bout à l'autre de notre globe, on dit toujours qu'ailleurs l'herbe est plus verte. Aujourd'hui, c'est ici mon nouveau jardin.

Qui viendra m'y chercher ?

Les yeux encore éblouis de mille feux, je m'endors et me détache. Colibri évanescent je m'élève vers le disque brûlant, au risque de battre de l'aile et tomber de haut. Icare. Mais le jeu en vaut la chandelle incandescente, de quoi éclaircir ma partie mal prononcée, mal commencée. Petit volatile fragile. Icare. J'avance dans un ciel limpide. Le turquoise m'avale, et je vole. Des fleurs magnifiques s'ouvrent sur mon passage et me présentent leur calice liquoreux. Icare. Du bout de mon long bec, je picore des miettes de joie dans chaque recoin. Laissant derrière moi un filet de paillettes multicolores. Mon rêve dure. Je suis le colibri plus léger que l'air. Le volatile au dessus des végétaux enracinés. Je suis la liberté d'aller. Le fugitif ailé.

De la cire et des plumes.

Demain matin, je ne veux pas me réveiller dans la poussière.

3 — La veuve et ses félins

Au soir de mon deuxième jour, que j'ai passé presque entièrement à dormir, mon corps et mon esprit ayant besoin de repos, je pars dîner. Je vais rencontrer pour la première fois Ani Colomba et ses jumeaux. Dans le couloir qui mène à la salle à manger, je m'arrête devant un grand terrarium abritant des tortues, posées lascivement au milieu de plantes tropicales et de grandes pierres plates et accidentées. Je reste un moment à les observer.

Lorsque j'étais petite, on me parlait toujours de la tortue comme d'un animal qui portait sa maison sur son dos. Mais ce n'était pas l'idée que je m'en faisais. Je n'y voyais pas du tout une maison. Mais plutôt une colline, une montagne lisse qui serait vivante. Je passais du temps à observer, comme maintenant, leurs carapaces aux reflets vert marron et anthracite. La végétation, la terre et la roche. Et je m'imaginais encore plus petite que la tortue, courant sur son dos d' écaille. Escaladant ce monde mobile. Grimpant cette montagne-caravane. Et là maintenant, à l'instant, ce souvenir me revient.

Je les regarde à travers la vitre, allongées sur la terre de bruyère du terrarium. C'est leur coffre, où elles cachent leurs biens les plus précieux, leurs œufs. Tout en les regardant, mon œil fait la netteté sur la vitre, et je me vois dans le reflet. J'ai un sourire béat et un peu idiot sur les lèvres. Je tire la langue comme un reptile, laissant échapper un petit sifflement.

TSS TSSS TSSSS.

Je me ressaisis et poursuis ma route vers la salle à manger.

En entrant dans le grand restaurant , je suis accueillie par le maître d'hôtel. Un petit homme rond à la peau mate et au regard hautain qui se présente :

— Bonsoir Madame, je suis Seraph. Seraph TIDUR, cela signifie « Séraphin SOMMEIL » en bahasa Indonesia. Je suis là pour vous servir. Si vous voulez bien me suivre je vous prie.

Il semble très fier de la traduction de son nom. Il bombe le torse en le disant. Sur son habit de smoking il a épinglé une petite broche discrète qui représente un scorpion. Il m'ouvre le chemin dans son costume de pingouin le petit Séraphin. Seras pas si fin que ça petit pingouin tout rond ! Petit pingouin dodu ! Séraphin SOMMEIL, un nom de cirque, non mais sérieux !!! Qu'est-ce que je peux être désagréable des fois. Salope de garce de Juliessa ! Ca y est, je décolle. Il faut que j'arrête de délirer toute seule comme ça.

Je vais finir folle !
Julie est Ça !
Julie et ça !
Juliessa...

Sa voix un peu nasillarde ne m'a pas aidée non plus à ne pas me moquer de lui intérieurement. Il a l'allure de quelqu'un qui contient une colère, et fait assez peu d'efforts pour la dissimuler. Le genre de personne qui a des comptes à régler, mais qui attend son heure, ou qui a peur et qui essaie d'intérioriser son angoisse, en arborant un gentil sourire sournois. Mais je l'ai perçé le petit Seraph, petit Séraphin sans ailes...

Je le suis toujours entre les tables, tout en m'interrogeant sur la taille des employés de cet hôtel. Seul Bracine, le Maître des lieux semble être grand. Comme s'il avait voulu se créer un monde miniature autour de lui, une cour minuscule pour un roi démesuré.
Un micro-monde à sa main.
Au royaume des nains, l'aveugle est roi.

Tout en songeant à cela, je me demande pourquoi le terme « nain » est aujourd'hui mal perçu.
C'est joli : « nain ».
Ma grand-mère disait souvent « ce qui est petit est mignon, regarde les nains !».

Je suis toujours mon nain, noir et blanc comme un manchot. Si je me laissais aller, je marcherais bien en tanguant comme un pingouin. Mais là, ça pourrait sembler insultant. Je le reconnais. Qu'est-ce que les gens sont coincés !

Nous nous approchons de la table qui m'est destinée. La triade Colomba est déjà là. La mère se tient droite sans être guindée. Une sorte de port royal sans couronne. Ses deux enfants sont assis à côté d'elle. Tous les trois forment un croissant. Plus je m'approche, plus mon impression est troublante. Son visage, ses traits me sont familiers.

Non pas comme si je la connaissais déjà.

Non.

Plutôt comme si c'était une partie de moi. Une ancienne partie de moi. Une facette de mon passé. Je m'arrête tout près d'eux. Le petit maître d'hôtel salue la mère et me présente, puis s'efface comme une traînée de craie sur un tableau qui pose une équation insoluble à un élève qui n'a aucune envie de résoudre quoi que ce soit.

Elle me regarde droit dans les yeux. Ses yeux sont du même vert que les miens. Ses cheveux blonds platine sont coupés à la garçonne, les miens, noirs, taquinent mes épaules. D'un geste léger de la main enveloppée d'un gant blanc, elle m'invite à m'asseoir en face d'elle. Je salue les deux enfants qui me regardent sans sourire, esquissant seulement un mouvement de tête, la mère au contraire a comme un léger sourire presque imperceptible. Un grain de beauté sur sa tempe gauche, pas loin de son œil, fait ressortir la blancheur de sa peau. Je ne peux détacher mon regard de ce point sombre qui m'attire comme un gouffre au loin, tel un piège qui ose dire son nom.

— Je suis Ani. Ani Colomba. Lâche-t-elle. Et voici ma fille Almandine et mon fils Rebis. Soyez la bienvenue parmi nous.

— Juliessa. Juliessa BAS. Dis-je doucement.

— Boirez-vous du vin pour le dîner ?

— Volontiers.
Je la regarde un peu interloquée. Comme premier sujet de conversation, le vin. Voilà bien quelque chose d'assez inattendu. Je l'aurais imaginée davantage buvant de l'eau avec ses gants blancs à table. Et puis non. Majestueuse, mais passionnée en même temps.

— Je prends du Riesling avec mes huîtres. Et pour le plat que diriez-vous d'un Saint Julien ?

— Rouge sur blanc ? Osé-je.

— Au diable l'ordre des choses ! Nous œuvrerons à notre guise. Du blanc au rouge puis nous terminerons par un café noir.

— Le café ne vous empêche pas de dormir ?

— Parfois, effectivement. Mais de manière générale, cela concerne surtout ceux qui ont déjà des troubles du sommeil... Oui, c'est vrai que c'est une drogue en réalité. Dit-elle avec un grand sourire sincère. Pour moi, cela n'est pas très important. Me fait-elle d'un signe de main, agitant ses longs doigts dans le vide, comme elle pianoterait sur un clavier imaginaire.

Je regarde son menton volontaire. En pendentif, elle porte une améthyste cerclée d'un soleil d'or et d'une lune d'argent. J'aime assez son côté à la fois noble et pourtant très détaché, sans orgueil flagrant, hormis ses gants blancs qui font un peu Ancien Régime. L'action sentimentale évidente qui se dégage d'elle lui donne un air mélancolique. Celui de celles qui ont trop souffert ou pas assez, le cœur empli de désirs brûlants, ou de regrets brûlés. Le spleen au féminin. Le chagrin en dentelles. L'élégance d'une tristesse qui se retient de la crier sur les toits.

Et puis soudain, sans prévenir, sans prélude, je la découvre enfin lorsque le garçon apporte un grand plateau de fruits de mer et une carafe de Riesling. Son regard s'éclaire comme celui d'une enfant au pied du sapin. De la tranche basculant sur le collet de sa fourchette, elle détache le fruit marin, les yeux fixés sur la chair en camaïeu de vert.

— Elle cherche des perles. Me dit doucement Almandine.

— Des perles ? Dis-je.

— Et c'est comme ça tous les soirs, renchérit Rebis en mangeant ses crevettes.

Je la regarde sans trop y croire.

— Vous cherchez des perles dans les huîtres ?

— C'est là qu'est la vraie richesse intérieure.
Me répond-elle sans me regarder, les yeux rivés sur sa coquille.

Puis elle poursuit :

— Il est captivant de savoir qu'un trésor est souvent caché, tout en étant parfois tout près, presque sous nos yeux, il suffit de connaître la méthode pour ouvrir le coffre qui le dissimule et le révèle, ou bien la formule magique. Voire même tout simplement, savoir regarder, éplucher. Il est intrigant aussi de se dire que ce trésor est fabriqué par celui qui le contient. L'huître crée la perle lorsqu'un intrus s'introduit dans son espace personnel, il s'agit souvent d'un morceau brut, d'une base simple, qu'elle va travailler, améliorer, embellir, pour finalement, au fil du temps, en faire un trésor. Du caillou ou de la particule de carbone à l'objet précieux... J'imagine d'ailleurs que c'est la seule séduction que l'on puisse trouver réellement chez une huître. À part ça, je ne vois vraiment pas...

S'essuyant délicatement la bouche, elle prend doucement son verre et le lève légèrement pour en admirer la couleur. Elle l'approche de son visage et en hume le bouquet, les yeux fermés. Puis le porte à ses lèvres, et laisse échapper un petit soupir érotique. Comme un lointain gémissement d'alcôve. Un discret écho de boudoir dans un instant coquin. Je regarde longuement l'ourlet de ses lèvres, son arc de cupidon. La justesse de ses traits. La finesse de sa bouche et de son nez. La perfection des proportions de son visage.

— Maman est œnologue. Me dit doucement Almandine, me sortant de ma rêverie devant l'équilibre de ses traits.

Reposant doucement son verre, Ani lève les yeux vers moi.

— Avec mes enfants, il ne me restera pas grand chose à vous cacher. Mais parlez-nous plutôt de vous Juliessa. Vous êtes ici en vacances ?

— Précisément. En vacances. Mais je ne sais pas encore pour combien de temps.

— Vous avez du temps libre alors. Nous aussi. J'ai pris de longues vacances avec mes enfants suite à l'accident de mon mari.

Je la regarde un peu gênée, sans oser en demander davantage. Je lis dans ses yeux qu'elle apprécie ma retenue.

Elle sort de son sac à main une petite boîte en nacre, en extrait une alliance et la fait glisser dans la paume de son gant blanc.

— Maman met tout dans des boîtes. Me dit doucement Almandine.

— Ca suffit maintenant ! Lui lâche sèchement sa mère en remettant l'alliance dans son écrin, l'écrin dans son sac, et le sac à ses pieds.

— Et en dehors des vacances ? Me demande-t-elle l'air intéressé.

— En dehors des vacances, je suis gemmologue, enfin, ... diamantaire. À Paris.

— Oh ! Diamantaire ! Voilà un métier lumineux !

— Tout comme œnologue. Toutes deux nous intéressons aux choses qui laissent passer la lumière.

— J'aime votre façon de voir.

— Et moi, votre façon de regarder...

A ces mots, elle reste un peu troublée et ses yeux se baissent. Je crois voir apparaître une légère teinte pourpre sur ses joues qui s'estompe dans l'instant.

Avec un pigeon grillé sur une compotée de petits légumes finement coupés en julienne régulière, le garçon nous apporte une bouteille de Saint Julien et l'ouvre. Ani le scrute, l'aère, le taquine olfactivement, puis, très lentement, très délicatement, le goûte et me regarde avec un sourire malicieux.

— Le nectar des Dieux ! Le volatile céleste ! L'éthérique ! Ce que j'aime surtout dans mon métier, c'est l'attente. Le flacon, telle une crypte, ou un tombeau égyptien, renferme bien des secrets, bien des mystères.
La révélation doit attendre le tire-bouchon. Le bouchon, cet impedimentum de la dégustation.

Percevoir.
Percer pour voir.
Être patient c'est mieux savouver.

Et ce que je déteste par dessus tout dans mon métier, c'est l'absence totale de raison ou de sens dans le choix du moment pour ouvrir une bouteille. C'est tout sauf une science exacte. Discipline stochastique. Le raisin aléatoire. Le breuvage hasardeux.

La commissure de ses lèvres semble faire une petite grimace sur le mot « hasardeux ».

— Portons un toast ! Dit-elle enjouée tout à coup.

— À quoi ? À la contingence ?

— Non, plutôt à ce qui arrive qu'à ce qui n'arrive pas. À la triade Colomba qui devient quaternaire. Un carré parfait ! Comme une boîte...

— Je ne suis parmi vous que pour dîner. Dis-je humblement devant cette femme qui s'enflamme.

— Un des instants quotidiens les plus chargés de sens. Celui de la réunion autour de la table. Nous nous nourrissons de la terre et de la mer comme elles se nourrissent de nous ainsi que dit celui qui sait. Tout vient de là, et tout retourne là-bas. À nos origines, partager un repas comportait aussi toute la charge émotionnelle du jour auquel on avait survécu. Un jour de plus vivant, et rassasié, pour affronter le jour suivant. Avec tous ses dangers et toute l'incertitude d'avoir un repas. Ou parfois même, d'être le repas...

De tout le dîner, seule Ani a parlé. Je suis restée plutôt en retrait, attentive aux délations malicieuses d'Almandine. Le petit Rebis est resté plongé dans ses pensées, le sourcil froncé. Les jumeaux semblent très différents, presque opposés dans le caractère. Même s'il est flagrant qu'un lien très fort les unit sans avoir à communiquer.

Nous avons terminé le repas par un café noir comme prévu.

En regardant son café au fond de sa tasse, Ani a disserté sur l'homme comme miroir des éléments cosmiques. Comparant la circulation sanguine, les systèmes nerveux, digestif et respiratoire à l'eau , le feu, la terre et l'air. Je n'ai pas vraiment porté une attention très fidèle à sa théorie, même si j'en ai perçu les grandes lignes. Je suis plutôt restée fixée sur son visage et ses manières. Elle me fait penser à une lionne qui doit faire sans son mâle, chargée de protéger sa progéniture. Les deux lionceaux insouciants et disciplinés à la fois. Et leur mère, calme, posée, majestueuse et passionnée dans le même temps. Sans que ce soit flagrant, il se dégage d'elle, de son allure, de ses postures, une impression en filigrane. Quelque chose qui dit que sous ses gants se cachent peut-être des griffes ascérées, qui pourraient voir la lumière du jour si besoin était.

Puis j'ai pris congé de la mère et ses petits.

Le matin, au réveil, je me promène dans les jardins qui entourent l'hôtel. Il est tôt. La fraicheur de la rosée est exquise. Au milieu des tout jeunes palmiers, j'aperçois furtivement une petite silhouette se faufiler, un panier d'osier à la main. C'est Monsieur Séraphin SOMMEIL qui trotte rapidement vers les buissons, comme un enfant parti à la chasse au trésor. Je trouve cette image touchante. Mais, tout à coup devant moi, un petit scorpion court sur les dalles du jardin. L'image est beaucoup moins séduisante, et me rappelle immédiatement que je suis dans une partie du monde où certains animaux dangereux ou féroces côtoient les hommes. J'ai souvent entendu parler de ces fermiers d'Indonésie attaqués par des tigres au milieu de plantations. Je suis très certainement en train de parler à haute voix, ou de marmonner, en tous les cas, Séraph, Séraphin SOMMEIL m'a entendue. Il est sorti de ses buissons, sans son panier, et s'est approché de moi.

— J'espère que je ne vous ai pas effrayée en passant furtivement entre les petits palmiers ! Je vous ai entendue parler de tigres...

— Il m'avait bien semblé vous reconnaître Monsieur SOMMEIL. Je me posais la question. Nous sommes entourés de forêt et de jungle. Et il doit y avoir des animaux sauvages dans les environs... Non ?

— La forêt tropicale s'appelle ici la jungle. Mais vous faites la différence parce que vous avez remarqué la végétation qui est différente vers les hauteurs, n'est-ce pas ?

Je hoche la tête d'un air approbateur.

— Merci, j'avais cru me tromper en vous écoutant.

— Vous avez en partie raison de parler de forêt et de jungle. Avant, c'était le territoire des tigres ici. Mais la construction de cet hôtel les a dérangés sur leur terre. Quand l'homme installe ses cultures ou ses habitations sur le territoire, sur l'habitat naturel des fauves, le choc est inévitable. Le Roi de la jungle, ici, c'est lui, le tigre, alors inévitablement, il y a eu des accidents sur le premier chantier de l'hôtel. Des ouvriers ont été attaqués et tués. En représailles, les autres, les épargnés, ont tué les tigres et ont suspendu leurs dépouilles aux arbres à l'entrée de la forêt. Comme un signal pour les autres félins qui voudraient revenir. L'homme s'est imposé pour détrôner l'habitant ancestral de la jungle. Quand un tigre attaque un homme, on parle de férocité. Quand un homme tue un tigre, on parle de sécurité. Une vieille habitude humaine de partout dans le monde à ce que je sais...

— Mais vous travaillez ici pourtant.

— Moi, je n'ai jamais souhaité la mort des tigres...

Je vois bien qu'il est contrarié de la tournure de notre conversation.

— À présent, il n'y a plus du tout de tigres dans les parages ?

— Plus de tigres, seulement des panthères. Mais il existe une légende qui perdure depuis des siècles ici. Aujourd'hui encore, on parle dans la région du « Siluman Manusia Harimau», l'homme tigre furtif. À l'origine, le tigre blanc sacré, Siliwangi, était capable de se transformer en homme. Son intention était de négocier avec les hommes un accord de paix : que les hommes cessent de chasser le tigre pour ses dents et sa peau, et le laissent en paix sur son territoire. En contre-partie, le tigre n'attaquerait plus les hommes et les enfants dont les villages sont proches de la jungle.

Cet accord a duré un temps. Puis l'homme a braconné. Fou de colère, le Roi tigre Siliwangi a donné naissance à Siluman Manusia Harimau. Lui ne se transformait plus. Il restait une créature hybride à tout jamais. Il est l'être moitié-homme, moitié-tigre, le bras armé de la colère vengeresse qui vient laver les crimes de l'homme en arborant une partie de son apparence. Afin qu'il soit châtié par ce qu'il est et ce qu'il représente. Puni par sa propre image. Quand à son côté « créature diabolique », il dévoile le vrai visage de l'humanité. Cette sale race humaine...

Je le regarde interdite. Il parle comme un prêcheur en colère. Ou un gourou en route pour la guerre. Il appartient pourtant au groupe qu'il semble dénoncer. Il est non seulement humain, mais il travaille dans l'hôtel...
Il me rappelle la traîtrise du chien qui mord la main qui le nourrit.

Il fait un bref mouvement d'inclinaison de tête, puis tourne les talons, et repart dans les jeunes palmiers, où sa petite silhouette disparaît furtivement. Comme un petit « Siluman Manusia Harimau ». Je reste songeuse. Même sa tête, son visage, me font penser à présent à son histoire. Je l'imagine, petite créature mutante « homme-tigre » voulant venger ses ancêtres face à l'homme et son invasion.

Le soir suivant Ani a consommé les mêmes choses au dîner. Elle a eu les mêmes mimiques princières. Elle a cherché encore des perles. Je l'ai encore dévisagée. Elle m'a encore envoûtée. Je me suis mise à imaginer ses mains. Ses doigts.

Les soirs suivants, le rituel du dîner s'est répété. Comme un refuge au changement, à l'imprévu. La sécurité du liturgique. Le réconfort des habitudes. Comme une réponse évidente et instantanée à toute question. Ce qui abolit toute possibilité nébuleuse ou inconnue. J'ai le sentiment que tous ces rites, toutes ces habitudes, Ani les a construits, instaurés, de façon à créer une sorte de cocon pour ses enfants. Une sorte de tour d'ivoire coutumière. De sorte que rien ne vient de l'extérieur pour les perturber. Ormis moi à présent. Tout semble géométriquement fixé. Carré. Une boîte.
Almandine dans son rôle de lumineuse délatrice. Rebis dans celui du fils ténébreux. Et moi dans celui du miroir.

Je commence à ressentir soir après soir une sorte de fascination pour Ani. Une réflexion de ma propre image idéalisée.

Les habitudes qui créent la certitude. La répétition des choses qui tisse le fil de notre propre temps. Le bonheur se cultive dans la constance.

Je repense à l'histoire de cet homme, Drake BAREVE qui venait tous les jours s'installer dans le hall d'une grande entreprise pour y lire son journal. Tous les jours. À la même heure.

Parce que ce hall lui avait bien plu en passant un jour devant, par hasard sur le trottoir au détour d'une rue qu'il empruntait pour la première fois. Ses plantes vertes tropicales lui avaient fait envie d'y entrer, de s'asseoir et d'en savourer la fraîcheur.

Aucune autre raison particulière. Le pur hasard, si jamais le hasard existe. Et ce devait être suffisant. Il était donc entré dans ce hall une première fois et s'y était assis, comme quelqu'un qui attendrait dans le hall d'un hôtel.

Il y était resté pour lire son journal, au calme, au frais, humant les parfums de terre grasse et de feuilles charnues. Jusqu'à ce qu'un homme très âgé vienne s'asseoir près de lui et entame la conversation. Comme ça, par hasard. Parlant tout simplement du calme de l'endroit. De sa fraîcheur, de sa tranquillité. Et de fil en aiguille, partant du sujet de la sérénité du lieu, le vieil homme lui parle de sa théorie de « la chirurgie du bonheur ».

Comme on peut parler d'ablation en chirurgie médicale, le vieil homme parle de réduction de population. Et du bonheur lié au petit nombre d'habitants. En opposition avec le malheur qu'engendre le principe de surpopulation. « Imaginez » lui dit le vieil homme, « Imaginez-vous aller à la piscine, et n'y trouver qu'une ou deux personnes en train de nager », « Imaginez-vous aller faire vos courses et ne pas avoir à faire la queue », « imaginez le concept d'embouteillages comme obsolète » . « Quelle que soit votre activité du moment, ne plus jamais faire la queue, ne plus jamais attendre votre tour, ne plus jamais chercher une place, ne plus jamais être bousculé, insulté, percuté, accidenté... »... « Le malheur vient du nombre ».

Sur ces mots, le vieil homme prit congé. Drake BAREVE resta là, assis avec son journal, à réfléchir à la chirurgie du bonheur et au malheur qui vient du nombre.

Puis il revint le lendemain. Et le jour suivant. Au bout d'un certain temps, le personnel de l'accueil le saluait à son arrivée. Au bout d'un temps encore plus certain, les hôtesses d'accueil lui proposaient un café ou un thé. Et Drake BAREVE a continué son rituel quotidiennement, durant des années. À la fin de sa vie, l'homme qui venait ici tous les jours depuis des décennies, était connu et reconnu par tout le monde. Les plus jeunes le prenaient pour un des fondateurs de l'entreprise. Quant aux plus anciens, ils ne se souvenaient même plus depuis combien de temps Drake BAREVE travaillait ici. Mais tous avaient une opinion commune : tous pensaient que l'homme au journal travaillait dans l'entreprise. Ce qui n'avait jamais été le cas. Simplement, la répétition des choses, la régularité du déroulement des actions, des événements, crée la certitude, la vérité, l'existence, la vie d'une entité.

À force de taper sur le clou, on finit par l'enfoncer.

Et Drake BAREVE, lui-même se posait une question : un mensonge répété à l'infini devient-il une vérité ? Il pensait que c'était très probable. Quasiment certain même. Et il jouait la partition de son mensonge en bémol et demi-teintes. N'ayant jamais réellement prétendu à quiconque qu'il travaillait là, mais ne disant pas le contraire non plus. Laissant les gens tisser eux-mêmes la toile de cette croyance.

EVRA KEDEBRA
Je créerai d'après mes paroles.
Ou
Je créerai d'après mes actes, sans une parole.

Un puissant fond pour un puits sans fond.
Tout était là, sous nos yeux.

Je sors de mes pensées, et Ani est là, à me parler.

Alors qu'elle était partie sur le détail de la fabrication des tonneaux de chai, sans vraiment l'écouter, j'ai pensé à son prénom. Trois lettres. ANI. Le mot « haine » pris au piège au milieu de « haï », encerclé, annulé, neutralisé par lui-même, par son double, son semblable, sa moitié. J'ai comme des frissons qui me parcourent l'échine. Je suis perdue au moindre détail. Le plus petit élément me fait partir dans des méandres de divagation.

Je crois qu'elle sait que je ne l'écoute pas toujours vraiment. Je crois qu'elle aime ça. Je l'imagine me mettant dans une boîte. Puis je pars. Je m'imagine dans son ventre. Dans sa boîte. Et j'étouffe. La boîte est en cristal. C'est une bouteille. Je suis le nectar. Ses gants blancs débouchent le flacon qui me retient prisonnière. Et je reçois l'air comme une révélation. Je sors de mon rêve et Ani est toujours là, à parler. Elle me parle des larmes du vin.

— As-tu déjà songé à toutes les analogies entre le vin et le corps humain ?

Je réalise qu'elle me tutoie. Je reste sans répondre. Elle poursuit, caressant de ses doigts gantés un flacon de parfum noir et or sorti de son sac.

— On dit d'un vin qu'il est corpulent, charpenté, trapu, robuste ou enveloppé et j'en passe...

Soir après soir, j'ai remarqué qu'elle était devenue de plus en plus locace, bavarde même. Je sens qu'elle est à l'aise en ma présence. Et qu'elle avait besoin de sortir ce qu'elle avait en elle. Je suis la manivelle de sa maïeutique. Le levier de ses interrogations. Le gouvernail de ses lubies. Le tire-bouchon de son flacon. Et moi je bois ses paroles sans avoir soif. La langue inerte.

Vin qui s'ouvre.
Arômes primaires, secondaires, empyreumatiques.
Attaque, milieu de bouche, finale.

J'ai entendu des gens parler ce matin dans le hall de l'entrée. Quelqu'un est mort la nuit dernière dans l'hôtel. Mort empoisonné. Des gens parlent de champignons vénéneux qui auraient été mélangés dans son dîner. Un homme maigre, dégarni du crâne, de taille moyenne, en costume de lin beige posait des questions à Bracine. Il a interrogé le personnel en cuisine, puis tour à tour, les résidents. Et il est venu m'interroger. Un inspecteur. Il s'est présenté sous le nom de « Rondo GARDAVU ». Je me me suis retenue pour ne pas éclater de rire. Puis je me suis souvenue qu'il valait mieux ne pas me faire remarquer par un officier de police, même si mon dossier judiciaire est loin d'ici.

Ses questions restaient très vagues. Les aliments du restaurant. La cuisine. La digestion...
Il m'a demandé si j'avais remarqué des gens au comportement suspect dans l'hôtel.
J'ai failli lui répondre que tout le monde était étrange ici. Mais je me suis abstenue.
J'ai fait celle qui ne savait rien. Ce qui est vrai aussi.

Le soir, j'en ai parlé à Ani. Elle aussi avait été questionnée par GARDAVU.
Elle m'a regardée fixement, puis en pinçant sa bouche de travers, elle a lâché :

— Rondo GARDAVU, non mais sérieux, le nom de l'inspecteur, on croit rêver !!!

Je croyais m'entendre...

Je n'ai pas vu les semaines passer. Les gens autour de nous ont été remplaçés par de nouvelles têtes. Mais pas nous quatre. Nous sommes toujours là, à la même table chaque jour.

Un nouveau décès par empoisonnement a agité l’hôtel. Puis un troisième encore quelques jours plus tard. Ça a commencé à faire fuir beaucoup de résidents de l’hôtel. Nous sommes à présent, très peu nombreux dans l’hôtel, qui semble désormais gigantesque.

Cette succession de morts par empoisonnement ne semble pas toucher Ani le moins du monde. Quand le sujet est abordé, elle n’esquisse qu’un léger sourire énigmatique, puis passe à autre chose, élude la question...

Rondo GARDAVU est revenu avec le même costume de lin beige. Suite à son enquête, des traces de champignon amanita pantherina coïncidaient à l’autopsie sur les trois victimes.

Nous avons eu le droit à de nouvelles questions. Cette fois, portées sur nos emplois du temps dans la journée. Je me sens assez mal à l’aise à être questionnée par la police.

Mais, nous sommes toujours là. Pas de chirurgie du bonheur pour nous. À la même table. Chaque soir, Ani cherche sa perle dans ses huîtres. Elle n'en a trouvé aucune. Chaque soir, elle caresse son flacon de parfum noir et or. Son parfum. L'odeur de sa peau. Sa fragrance. Parfois, elle ouvre son flacon, laissant échapper cette part merveilleuse d'elle-même. Et là je ferme les yeux, pour ne sentir qu'elle. Pour la sentir. Pour me sentir en elle. Pour me sentir elle.

Chaque soir Almandine ouvre une nouvelle brèche dans les secrets de sa mère. Comme un archéologue éclaireur qui me guiderait sur les traces d'une quête énigmatique. M'aidant chaque soir avec un indice nouveau. Comme un cadeau, un présent pour oublier mon passé et rêver mon avenir. Petit caillou du petit Poucet ramassé tous les soirs. Mon fil d'Arianne. Mon chemin. Ma quête. Mon destin.

Chaque soir, Rebis est assis là. Avec nous. Comme un scribe sans tablette ni crayon. Mais qui enregistre tout malgré tout. Sans rien dire, mais ses yeux parlent pour lui. Et chaque soir, je suis le miroir sans voix d'Ani.

Soudain, plus sérieuse que d'habitude, Ani me demande :

— Ça ne t'effraie pas ces histoires d'empoisonnement ?

— J'imagine que tu as les capacités gustatives et olfactives pour déceler toute anomalie dans nos assiettes !

Au moment où je lui dis ça, je vois le regard d'Ani qui se fige droit devant elle. Je me retourne et voit passer dans la salle à manger, Garm, le chien de Bracine, seul sans son Maître, il jette un regard dans notre direction, puis se dirige vers le Grand Hall. Je regarde de nouveau Ani qui le suit toujours des yeux. Je m'interroge sur une phobie qu'elle aurait des chiens. Il faudra que je lui demande. Mais elle me regarde de nouveau.

Elle me sourit, puis lâche placidement :

— Les racines d'Aconit, mélangées à de l'alcool sont indécelables. Le Thalium n'a pas de goût ni d'odeur. Le nez fin ne sera jamais protégé de son prédateur. Ce qui doit arriver arrive. Ce qui ne doit pas arriver n'arrive pas. Peut-être que nous serons les prochaines victimes !

Son air détaché pour dire cela me laisse perplexe. Toutefois, il reste à l'image de ce qu'elle dégage : force et sérénité. Malgré ce qui semble être une peur du meilleur ami de l'homme. Majestueuse...Reine sans couronne, comme je me la suis figurée au premier regard. Avec à présent, une nouvelle facette : charmante tueuse en série qui a peur des chiens.

À n'y rien comprendre.

Ani a su séduire en moi la part masculine.
Ani m'enveloppe.
Ani m'encercle.
Comme l'embâtage de métal maintient les lattes du tonneau, et le tonneau enserre le vin dans ses entrailles pour le faire mûrir, grandir, se bonifier.
Ani mon flacon.

Ani m'a dit que son prénom était de l'hébreu ancien.
Et que ça voulait dire « Moi », « Je».

4 — À elle seule, je ne suis personne

Mes journées à l'Hôtel Aspaklaria se divisent en trois parties :

Seule dans la journée.
Avec les COLOMBA le soir.
Puis de nouveau seule.

De mon réveil au dîner, je marche dans les étages, les couloirs et les salles de réception, dans les jardins extérieurs et le parc de l'hôtel. Dans les patios, ou les jardins intérieurs, en compagnie de moi-même, face à face au détour de chaque miroir. Je m'aventure même un peu dans les environs, à la lisière de la jungle et de la forêt, puisque j'ai l'autorisation de Séraphin SOMMEIL pour faire la distinction. Je peux y rester à flâner des heures entières sans me lasser. Contemplative.

En communion totale avec les éléments, avec la nature. Elle est en moi et je suis en elle. L'hôtel est bien plus grand qu'il ne m'avait semblé. C'est un véritable palais qui se cache dans l'enceinte en pierres blanches. Mais il n'y parait pas au premier regard. Ce doit être dû à tous les échaffaudages de la partie encore en construction qui masquent l'ensemble côté ouest.

Chaque jour qui passe, je découvre un nouvel endroit, une nouvelle cache avec son lot de surprises. Des journées entières à errer dans les méandres de l'hôtel des glaces.

Comme une quête sans fin, un parcours qui se déroule et se multiplie au fur et à mesure que je crois le traverser. Je sens bien qu'une sensation étrange se dégage des lieux, quelque chose qui me dit que mon destin est ici, que le tournant de ma vie y est inscrit. À la fois curieuse et anxieuse de cette révélation, de cette apocalypse, je me précipite vers le gouffre de mon sort. Ce n'est pas un hôtel comme les autres.

Pour tout dire, j'ai l'impression qu'il ne s'agit pas du tout d'un hôtel, mais plutôt du théâtre de ma destinée. Comme si tout était factice et préparé. Les résidents seraient des comédiens, Bracine verrait parfaitement bien. Et je serais la victime de ce jeu de dupes. Je suis la honteuse mélodie de la paranoïa. Paranoïa Mon Amour ! Quand mes oreilles se laissent caresser par ta voix enchanteresse et vicieuse. Magnifique garce, trop séduisante pour être démasquée, tu t'avances à pas feutrés, et m'embrasses le cerveau.

Je me prends à m'imaginer fantôme glissant dans les entrailles de mon mausolée de granit blanc.
Comme perdue dans les limbes de mon karma.

J'apprends.
Je lis.
Je scrute.
Je creuse.
Je tunnel.
Je catacombe.
Je sarcophage.
Je sépulture.
Je suis la chenille qui rêve d'elle.

Ci-gît Juliessa BAS. Disparue en Asie. En fuite. En cavale.
Animal traqué.
Anal m'a triquée.
Ani mal traquée.
Ani AIME, a le trac, et...

Pauvre cinglée que je suis !!!

Épitaphe pour tombeau vide.
Cénotaphe gravé, sculpté, ciselé.
Connais-tu le poème de mes jours passés ? Connais-tu les affres de ma jeunesse enfuie ? Sais-tu que j'ai dansé comme un chat sur les gouttières ? Que j'ai couru de par les toits et les tanières ? Sais-tu que j'ai la main criminelle et le cœur pirate ? Connais-tu mon âme damnée et mes doigts chapardeurs ? Sais-tu que je suis une canaille ?

Mais une douce et fragile canaille, qui souffre davantage de la honte que du remords. Je n'ai pas de regrets d'avoir si longtemps mal agi, pas de regrets, seulement de la honte en mon âme et conscience, lorsque je te regarde, toi, Ani. À tes côtés, je me sens peu de choses, et pourtant, j'entrevois tout ce que tu peux m'apporter pour m'élever, pour m'ennoblir. Mérite et dignité...

L'œuvre lyrique, l'épopée du jardin. Je suis la fourmi sur la feuille au soleil, je suis la chenille qui sort de l'ombre. Je suis la brindille au vent. Je suis la brise du matin.

Je veux que désormais, chaque journée soit magnifique. Tout comme le combattant idéal sait parfaitement en lui-même que vaincre est un état d'esprit avant même que d'être une condition physique, vouloir vraiment c'est pouvoir. Il sait qu'il a gagné avant même que d'engager la bataille. Je sais que mes «aujourd'hui » et mes « demain », je les veux splendides, éblouissants. Je les veux lumineux et doux. Riches et savoureux. Je veux me régaler de la vie. Dorénavant, je veux vivre sous l'empire des délices.

Je n'ai jamais été aussi vivante.

Je peux m'arrêter au détour d'un buisson, écoutant les bruits du jardin, quand progressivement une douce mélodie s'élève, des notes de piano, une sonate. Peu à peu les tons deviennent clairs et distincts. Comme si l'instrument et le musicien se rapprochaient de moi. Impossible de déterminer la provenance du son. C'est comme de la magie ou de la sorcellerie, comme si l'hôtel produisait cette musique. Je me prends à imaginer un phénomène de résonnance différée. Une sorte de mémoire sonore des lieux.

Des musiciens ont joué ici il y a longtemps. L'hôtel et les jardins s'en souviennent. Les murs et les plantes ont enregistré ces vibrations, les ont digérées, puis stockées en eux, et les renvoient ensuite à l'infini. J'ai déjà remarqué ce prodige au détour d'un couloir ou d'un escalier. Sans jamais pouvoir en identifier la source. La mémoire des murs, le souvenir des lieux.

Ce soir, durant le dîner, comme pour corroborer mes doutes et mes fantasmes, ou bien me rendre encore plus paranoïaque, une sorte de pièce de théâtre sans paroles, entièrement mimée par un seul acteur, nous est proposée.

Incroyable, au moment où j'avais déjà des suspicions sur une mise en scène généralisée autour de moi, c'est absolument merveilleux, ça va me mettre à l'aise et me rassurer tout ça.

Bravo !!!

Le petit rideau rouge s'ouvre sur une minuscule scène, sur laquelle se trouve une sorte de petit galion, avec à son bord un personnage arborant un couvre-chef de marin avec le pompon, un bâchi comme disent les mousses.

Des vagues en carton peint ont été installées avec un ingénieux système qui les fait paraître bouger tout autour de l'embarcation.

La pièce s'intitule « Gréement de vérité ». C'est l'histoire d'un marin perdu en mer qui veut rentrer chez lui. Mais il a un souci avec les cordages de son bateau. Toutes ses manœuvres courantes s'emmêlent au cours de son voyage. Au lieu de le servir pour lever ses voiles, elles le desservent et l'entravent. Le marin finit peu à peu prisonnier de ses nœuds, au milieu de son embarcation complètement à la dérive. Le mime qui joue le marin exagère son jeu de façon grossière, avec des manières de clown de cirque, ce qui ajoute au désespoir que véhicule son personnage. Cela rend toute cette représentation encore plus dramatique qu'elle ne devrait l'être. Car je soupçonnais le projet originel d'être une comédie muette. Cela devient au final une sorte de tragédie obscène et pénible à regarder, ce clown endormi au visage tordu, emprisonné comme un rôti dans ses cordes. Les manœuvres courantes se sont transformées au final en manœuvres dormantes. Le petit rideau rouge se ferme sur l'abominable spectacle de ce marin difforme, piégé dans ses cordages, tel un insecte dans la glue.

Rebis demande pourquoi le marin n'a pas coupé les cordes pour se libérer de ses nœuds.
Ani lui répond qu'on ne coupe pas, mais qu'on s'applique à défaire proprement un nœud.
Gore, dis, hein !?

Ani conclut par :

— Il n’y a pas un seul nœud qui ne puisse être défait.

Je la regarde et lâche :

— Amen

Elle me salue en inclinant sa tête.

Avec tout cela, cette nuit, je rêve de nœuds, merci ! Un rêve très court, je porte une robe complètement nouée autour de moi. Elle me gêne et me serre. Je fais tout mon possible pour la retirer, défaire ses nœuds. C’est très pénible. Je crois ne pas y parvenir. Mais j’y mets tellement d’énergie et de cœur, que je réussis finalement à défaire tous les nœuds de cette satanée robe. Et à ce moment-là, je me réveille. Énervée, mais satisfaite tout de même. Je peux me rendormir tranquille à présent.

Fin de matinée.

Entrée du jardin devant la grande verrière.
Je suis à la trace la petite jardinière qui entretient les arbres fruitiers. Comme une petite fille qui suivrait sa maman au verger, je marche sur ses petits pas. Elle se retourne parfois pour me sourire. Comme pour me dire « Vous êtes bien gentille, mais, laissez-moi tranquille maintenant ! » Trop polie pour me le dire à haute voix, son sourire aimable trahit tout de même cet agacement contenu.

Et moi, insouciante et collante, je continue de la suivre, fascinée par la précision de ses gestes. Des petits ciseaux dorés à la main, elle taille comme une artiste. Comme elle couperait des cheveux ou les délicates feuilles d'un bonsaï. Tailleuse de fruits du matin. Coiffeuse de la nature féconde.

CLIC CLIC CLIC

Je suis debout, au pied d'un figuier odorant. Ses fruits déjà lourds sont gonflés et violets. Ils sont la promesse des saveurs, le serment des délices à maturité.

— Mon beau figuier ! Nécessité du palais...
Voilà que je parle tout haut...

La petite jardinière s'arrête de couper, se tourne vers moi puis me lance dans un français parfait :

— Ce sont de jeunes figuiers Pipal femelles. Ils ne comportent que des fleurs femelles à l'intérieur des fruits.

Puis elle reprend sa taille. CLIC CLIC CLIC
Je l'interromps :

— Il n'y a pas d'arbres mâles dans ces jardins ?

— Non, que des Pipal femelles, figuiers des pagodes.

— Comment se fait la reproduction dans ce cas ?

— Grâce à un tout petit insecte, le blastophage. Une sorte de petite abeille. Venant d'un arbre mâle loin d'ici, elle s'introduit dans le fruit de l'arbre femelle et le pollinise pour y déposer ses propres œufs. Dans ce processus d'entrée au cœur du fruit, la plupart du temps, elle y perd ses ailes. Sacrifice pour la descendance. Et c'est ainsi depuis la nuit des temps.

— L'exigence de la survie de l'espèce dépasse l'intérêt personnel. Sans même le savoir. Une leçon sur l'esprit de groupe...

— Et lui-même, le blastophage, ne peut se reproduire que dans le processus de fructification du figuier. C'est le seul arbre fruitier qui lui apporte ce cocon de sécurité pour sa reproduction. Les mâles y éclosent avant les femelles. Et ils les fécondent alors qu'elle sont encore à l'intérieur du fruit, dans l'inflorescence même... Et tout ça dans un cycle de vie très court... Le sycone.

Puis elle reprend de nouveau CLIC CLIC CLIC

Le groom minuscule passe soudain près de nous
TOC TOC
CLIC CLIC CLIC
TOC TOC et puis s'en va.

Rêveuse, je sonde l'ampleur des relations exigentes, incontournables et nourricières des insectes et des fruits. Et parfois même des êtres humains. Se dévorer mutuellement sans pouvoir se passer l'un de l'autre. L'otage qui retient le ravisseur prisonnier. La nécessité pour la perennité. Le Moi qui a besoin de Toi. De l'extérieur à l'intérieur. Se noyer pour pouvoir respirer. La notion de sacrifice étendue à toutes les strates de l'espèce. Lorsque l'ensemble qui peut paraître incohérent de près nécessite un regard éloigné, une vue plus générale. Là où les entrelacs des engrenages sont une énigme, la mécanique vue de loin est un bijou de perfection. Même le plus petit, le plus insignifiant des éléments, apporte sa contribution, sa pierre à l'édifice, sa pièce à l'appareil, son rouage à la machinerie.

Perdue dans mes pensées rapaces, je reviens à moi. Je suis toujours devant le figuier. Je ne sais pas depuis combien de temps. La petite jardinière a disparu. Pourquoi m'a-t-elle parlé de « Si conne ? » Je fronce le sourcil. Dubitative. Et comme toujours, j'arrive à passer à autre chose en une fraction de seconde. J'entends une petite abeille. Je m'approche et l'observe. Elle s'est posée sur le fruit, et elle creuse. Elle rentre d'abord sa tête, puis petit à petit, davantage, et tout son corps finit par disparaître dans le fruit. Je reste témoin muette de cet accouchement inversé. Féconder dans la capsule fertile qui elle-même doit être fécondée. Petite Matriochka. Poupée russe dans une autre poupée russe, elle-même dans une autre. Kaléidoscope vertigineux de la création et de la procréation. Abîme. Dedans, du dedans du dedans...

La belle histoire
Le Conte est bon
La belle noblesse
Le Comte est bon
La belle richesse
Le Compte est bon

Puis vient le dîner avec le trio Colomba. Chaque soir je suis le dernier coin, je fais un carré du triangle. Chaque soir je découvre une nouvelle facette d'Ani. Chaque soir, elle brode son histoire, me tricote mes nouvelles sciences, et je l’écoute souvent bouche cousue. Et enfin lorsque je vais me coucher, je me perds dans mes pensées. Je retisse à l’envers et à l’cnvie le fil brûlé et pourtant encore solide de ma vie passée. Comme si je déroulais une étoffe dont les motifs me rappelleraient d'anciens souvenirs, les entrelacs d’une légende qui parfois semble ne plus m'appartenir, mais se mêler au présent des autres, dans l’écho de notre hôtel de granit blanc.

Le temps de mes escapades « diamantesques » me semble loin et flou. Comme le son d'une petite mélodie fluette et douce tout droit sortie d'une antique boîte à musique et qui s'efface peu à peu, ralentissant jusqu'au silence. Une clochette qui file au loin dans la vallée.

Dans la matinée, je suis restée longtemps en arrêt dans le Grand Hall, devant un tableau. Je ne l'avais pas remarqué auparavant , un immense tableau représentant un ange qui me dévisage. Je ne suis pas certaine qu'il était là les jours d'avant. Il est tellement grand que je ne me figure pas être passée si souvent devant sans le voir. Et ce matin, il m'a claqué en plein visage comme une apparition divine. Un ange nu, enveloppé dans un amas de nuages blancs qui lui font un manteau. Il a les cheveux blonds et le regard bleu. Il me fixe. Étrangement, ce tableau ne raconte rien. Rien d'autre que cet ange qui me regarde. Comme si l'artiste l'avait peint uniquement pour regarder les gens qui passent devant lui. Rien d'autre. Du figuratif réduit à son expression la plus minimaliste. Presqu'au stade de l'abstrait. « L'ange qui nous regarde ». Peut-être l'intention était-elle là. Une œuvre pratique dans sa démarche, la liaison entre l'humain et la matière figée. Puis, à force de le regarder, j'ai fini par comprendre que l'artiste avait peut-être cherché à montrer les deux bras de l'ange comme deux colonnes qui soutiendraient une construction. Cet édifice étant symbolisé par lui-même. Sa tête étant la clé de voûte. L'esprit qui fait tenir l'ensemble du corps.

Je me suis toujours demandé à quel moment on remarquait les choses. À partir de l'instant où l'on se sent concerné ? Un peu comme lorsque l'on commence à s'intéresser à une nouvelle activité ou une nouvelle discipline et qu'à partir de là, il nous semble croiser de plus en plus souvent les sujets et les objets de ce nouveau centre d'intérêt. Alors qu'en réalité, tout était déjà là sous nos yeux, mais cela ne nous concernait pas. Pourtant je ne m'intéresse pas spécialement aux émissaires du divin ni aux Maîtres-maçons... Alors pourquoi ?

Le regard peut-être...

Cette sensation d'être dévisagée par l'ange, Ani ne l'a-t-elle pas chaque soir lorsqu'elle me parle ? Être ange. Étrange. Un ange déchu. Les ailes brûlées. Un ange noirci par son passé face à un ange immaculé. Un ange muet face à un ange volubile. Les yeux et la langue. Le secret face à la révélation. Je dissimule. Je cache mes défaillances, mes faiblesses. Devrais-je lui confier la noirceur de mon passé ? Son côté lumineux semble éclairer mes ténèbres et m'appeler vers un nouveau jour. J'ai passé le cap de la cleptomanie. À présent, j'ai besoin d'être purifiée de mes actes et de leurs traces. Des tâches de mon parcours. Je veux être lavée. Blanchie. Je veux qu'Ani me fasse ma toilette. Qu'elle me nettoie de toute ma crasse passée qui colle encore. Ani mon savon, ma blancheur, mon bain.

Je réalise à quel point je veux lui ressembler. Jusqu'à ses mains gantées de blanc. Au plus profond de mon être je ressens un trouble. Celui d'un double que je jalouse. Une jalousie rongée d'admiration ou l'inverse. Un sentiment totalement confus, délicieux et horrible à la fois. Celui qui fouette les joues au sang. Qui ne pique pas mais brûle. Qui porte ce doux nom : fascination.

Ani peut parler de vin des heures durant. Sans jamais être saoulante. Elle ne parle quasiment jamais d'elle ni de ses enfants. Je ne sais rien de son passé. Elle partage avec moi son principal centre d'intérêt, qui est également le domaine qu'elle maîtrise le mieux. Mais elle sait aussi parfois aménager des plages de discussion où elle me questionne, elle m'invite à lui ouvrir ce que je suis, qui je suis. Elle me montre l'intérêt qu'elle me porte. Je vais et je viens entre ses mots, comme des lèvres humides d'un nectar à l'autre. Elle m'emporte des vignes d'Argentine aux chais du Bordelais, sous les rayons dorés de l'astre nourricier.

Un soir, elle m'a bandé les yeux pour me faire goûter des vins liquoreux. Elle a exacerbé en moi un érotisme recroquevillé. Elle m'a fouetté les sens, claqué le sang, giflé la langue. Ma bouche en est encore humide.

Ani m'emporte de son aile au dessus des contrées de la vigne, au delà du raisin, sous les arômes brûlants jusqu'aux frontières du capiteux, dans les échelles de caudalie. Bacchus et Dionysos nous regardent paître dans leurs pampres. Ces moments délectables blanchissent mon âme, lavent ma noirceur.

Ani ma rédemption.

Et je sors des ténèbres avec elle. Je revis. Mon passé me semble bien loin. Je vais pouvoir lui en parler.

Enfin, je crois.

Sa réalité spatiale est celle du nectar des dieux. Son temps est celui du raisin.

Tout le reste est vin.

Son étoffe est celle de l'architecte du goût. Sa colonne vertébrale est le sarment de la vigne doré au soleil. Même si mon attention bascule souvent sur ses mots, mon cerveau engrange toutes ses paroles. Et elles me reviennent quand je suis seule. Séparée d'elle. Perdues au milieu d'un pays inconnu, nous nous sommes trouvées. Et chaque soir à la fin du dîner, je la perds de nouveau. Je redescends dans mes ténèbres la laissant au bras du firmament. Je repars comme dans ma cave, la langue parfumée et les yeux mouillés d'un autre rivage. Je retourne sur mes récifs à l'affût de la messagère de l'aube qui me promet un nouveau soir.

Tout le reste est vain.

5 — La confession et l'oignon

Ce soir, les enfants ont quitté la table avant même le dîner, pour aller voir de plus près le dresseur de papillons qui officie en salle, comme un ménestrel sans voix. Opulent, Il déambule au milieu des tables et des convives, avec un petit chariot chargé de cagettes à lépidoptères. À la manière d'un ballon de baudruche, on pourrait imaginer qu'il se dégonfle un peu à chaque avancée brusque, d'une table à l'autre. Sur son chariot, le chatoyement des petites cellules est hypnotique, ensorcellant. Explosions de couleurs prises au piège se débattant vainement. Beautés enfermées. Gisements de couleurs prisonnières contre leur gré. Les papillons virevoltent dans leurs petits cachots en rêvant d'espace et de liberté. Probablement sans même pouvoir réfléchir à leur condition d'aliénés. Espoir inutile et dérisoire de l'insecte sous l'emprise de l'infect. Le magicien ne vous libérera jamais, vous êtes son gagne-pain, pauvres petites créatures de bal masqué !

Ani et moi, restons seules à table. Je sais qu'il le faut. Ici et maintenant ou jamais.

Bloquée entre mon envie d'aveu et ma lâcheté, je fais semblant de suivre les jumeaux des yeux, comme si de rien n'était. L'air de celle qui n'a rien à se reprocher, rien à avouer. Dans mon mensonge, enfermée. Je passe des papillons aux oiseaux en cage. Ani. Les oiseaux. Les papillons. Les idées se bousculent, se cognent, se font tomber les unes les autres. En font naître de nouvelles à chaque seconde, comme une rumeur au loin qui serait aussi toute proche, devant, derrière, sur les côtés et tout autour. Les papillons cherchent une sortie. L'oiseau dans sa cage ne chante pas par amour, mais par rage. Je connais cet adage.

À quoi rêvent les papillons enfermés ? À quoi pensent les insectes costumés ? Quel est leur message ? Une messe loin d'être sage. Un rituel millénaire du vide et de l'espace. L'incompréhension totale et définitive de l'obstruction, de l'enfermement. L'Enfer me ment.
Le dresseur n'a rien accompli. Il n'a rien dressé d'autre que son menton jumeau sur son col de chemise trop serré. Je le regarde plastronner cet imbécile devant les enfants emerveillés. Quelle escroquerie ! Quelle naïveté que l'enfance...

Lorsqu'on est petit, notre regard ne porte jamais loin. Nous n'avons aucun recul sur ce qui nous entoure. L'horizon se trouve parfois à quelques mètres. C'est inconsciemment une tour d'ivoire que l'on se construit de par notre champ de vision et d'analyse. Un micro-monde dans lequel on instaure soi-même nos règles, nos postulats, nos croyances, nos lois. Lui, le Dresseur de papillons, c'est de la même façon un gendarme qui impose sa loi. Le bras armé de la cœrcition. Le pion déguisé du pouvoir. Pourquoi l'insecte coloré n'aurait-il pas le droit de voler ? Pourquoi ? Mais parce qu'on a toujours entendu dire que voler n'est pas bien, voyons ! C'est un péché. C'est mal. C'est punissable. Et pourtant, tout le monde sait pertinement que l'homme, depuis la nuit des temps, depuis toujours, rêve de voler. « Voler », ce mot , à ma vie depuis toujours est lié.

Là encore, j'ai parfaitement conscience de diverger, de tricher, mais je le fais tout de même, parce que ça reste un plaisir. Comme on gratte une croûte tout en sachant que ça ne va rien arranger, bien au contraire, mais la tentation est trop forte. Le geste imbécile domine souvent la raison. Je me suis toujours posé la question : Pourquoi les enfants fabriquent-ils des chateaux de sable tout au bord de l'eau, alors qu'ils voient parfaitement que les vagues vont arriver et tout submerger ? Ne voilà-t-il pas encore une aberration du comportement ? On voit parfaitement que l'on va droit dans le mur, mais allez, on accèlère tout de même, et on ne change surtout pas de direction. De la même façon que le processus du carambolage. L'encastrement en série des véhicules qui pourraient s'éviter les uns les autres, mais qui s'attirent et s'agglutinent violemment comme par magie. Simplement parce que le regard ne se porte pas où il devrait, c'est à dire vers une sortie salvatrice, vers une échappatoire, au lieu de resté fixé sur le funeste destin.

Ani me scrute. Elle a bien vu que j'avais quelque chose à lui dire.

Mais elle a vu aussi que j'étais perdue volontairement dans mes pensées. Pleutre évadée de ma réalité. Je suis le drap sur mon miroir. Je suis l'anguille de sable qui va se faire tronçonner. J'avoue, c'est vrai et je demande pardon. Je sais pertinement que c'était mal de cambrioler. Mais à présent cette page est tournée. Ani est mon nouveau chapitre, je suis mise à l'index. Je dois tout lui avouer. J'ai les yeux embués. Ani m'observe avec attention et dans l'attente, comme une plante devant moi, qui aurait un presqu'imperceptible balancement dû à la légère brise. Mais moi, je le perçois tout de même ce balancement. C'est celui qui me sussure à l'oreille : « J'attends, je t'écoute. Parle. » Muette et sereine, elle m'invite en silence, la bouche fermée.

Je crois que nous avons le même sang. Le même cerveau. La même notion du temps. N'importe qui d'autre m'aurait secoué en me disant : « Quoi ? Que veux-tu me dire ? Parle enfin ! ». Mais non, pas Ani. Elle, elle me regarde en attendant que je démarre. Le temps s'étire, et elle me suit sur cet interminable chemin de fer sans fin ni départ.

Elle a parfaitement compris le jeu de la locomotive et du rail. Peu importe quand, à quelle heure et dans combien de temps. De toute façon la locomotive ne pourra aller que vers une seule et unique destination. On a beau s'inventer des virages ou des chicanes, on a beau sentir que l'on déraille. Les lames de fer retiennent la machine hurlante sur un chemin inévitable. Ani le sait. Ani est chef de gare. Ani est conducteur. Ani est contrôleur. Ani a la main sur le signal d'alarme. Ani est le Capitaine et ses matelots. Je suis le navire qui prend l'eau...

Il faut que je me lance. J'ai toutefois comme dans l'idée qu'elle sait déjà tout. Je l'ai parfois imaginée entrant dans mon âme. Plusieurs fois, ses yeux ont pénétré mon esprit, mes souvenirs, qui je suis. J'ai vu dans son regard qu'elle m'avait perçée, perforée. Elle est mon endoscope, je suis le coffre fracturé. Pourtant, j'essaie de me persuader qu'elle ignore tout. Il faut que je lui avoue. J'ai peur de son jugement autant que j'ai la nécessité urgente de son pardon qui me pince les entrailles. Je mendierais même sa compréhension. Non. C'est faux. Je me mens à moi-même. Je veux purement et simplement son absolution.

Je suis au bord de la falaise. Je vais plonger. Je regarde l'eau en bas et je crains les rochers. Trop tard pour reculer. C'est un aller-simple que j'ai dans la main. Je ne me retourne pas. Mon ticket est poinçonné.

Je me lance.
Ani ne parle plus.
C'est moi qui parle.

Ça y est j'ai commencé à m'exprimer. Les mots sortent de ma bouche dans un flux ininterrompu et oppressant. Je parle, j'avoue, je me mets à table. Inexorable. Je lui raconte comment et pourquoi je suis ici. J'avoue. La vérité. Nue. Brutale. Sans artifices, sans décorum. Je lui délivre en détail mon véritable habit de gemmologue, celui avec le bandeau noir sur l'œil et le crochet à la place de la main. Le côté obscur de ce que je suis. Ma facette de l'ombre et de la nuit. Je suis claire sur ma noirceur. Je lui raconte mes effractions. Mes vols, mes évasions. Je lui dis ma passion dévorante pour les diamants. Mon addiction aux pierres précieuses depuis mon plus jeune âge. Mes années d'esclavage au pays des gemmes. Je lui raconte depuis quand j'ai commençé à voler. Je lui dis tout. Tout. Même depuis l'église quand j'étais une enfant aux pas de géant. Puis plus grande, mes pas de chat nocturnes, mes habits noirs, mon endoscope, mes ouvertures de coffre, mon cœur qui bat au rythme des cliquets d'acier. Mes frissons, mes palpitations, mes échappées par les toits ou les égoûts, par les fenêtres et par les trous. Mes entrées par les caves ou les balcons. Mes intrusions fautives, pour peu qu'elles puissent être autre chose. Mes pénétrations abusives. Mes intrusions maladives. Mon chemin de transgression.

Je ne sais pas si elle me croit. Son regard ne dit rien en cet instant. Elle me regarde, comme peut regarder une statue ou un pantin. Une cariatide qui pourrait bien me verser le toit sur la tête.

Alors je poursuis ma confession. Je lui avoue mon absence totale de remords ou de culpabilité, mais aussi paradoxalement, la honte grandissante qui me paralyse le cœur, qui me broie l'âme depuis que je l'ai rencontrée. Ce que je suis face à ce qu'elle est. Je mélange mes aveux du passé et je lui confesse mon admiration du présent. Je lui raconte mon incessante escalade dans les risques, ma soif inextinguible d'adrénaline. Puis je lui avoue ma chute, mon arrestation. Je lui raconte les deux gorilles dans la voiture, le clown dans la rue, mon reflet dans le rétroviseur, elle sait tout dans les moindres détails. Je me mets totalement à nue devant elle.

Elle me sait à présent.

Je lui dis tout. Tout. Absolument tout. À l'ombre de ma honte, elle est mon prêtre et ma chapelle.

Sans un mot, elle écoute. Ses yeux plongés dans les miens. Assise près de moi, les mains posées à plat sur ses genoux. Ani me regarde. Avec ces yeux qu'ont les vivants pour les mourants. Mais sans condescendance. Juste une élégante pitié empreinte d'une empathie à la douceur infinie. Ani, mon nectar. Elle ne dit toujours pas un mot. Elle me regarde. J'ai terminé ma confession. Pas de grillage, pas de rideau, pas de curé, pas d'encensoir. Liturgie rebelle et sauvage, au mépris des protocoles. Sans église et sans messe.

Je suis essoufflée par mes aveux. Ani pose délicatement sa main gantée de blanc sur mon poignet et le serre. Mais elle ne dit rien. Pour la première fois, elle reste muette, juste à me regarder avec nos yeux de jade. Eclats d'émeraude réciproques, nous échangeons nos verts. Je croirais presque que c'est la première fois que je peux voir sa bouche fermée. Ses lèvres closes. Je suis tétanisée. Un insecte dans une toile d'araignée. J'ai le sentiment que je vais me briser comme une carafe de cristal en train de tomber. De la table au carrelage en attendant d'exploser. Et elle ne dit rien. Pas un mot, pas un son, pas un bruit. Absolument rien. Sans mouvement. Sa main serre toujours mon poignet. Je sens battre mon cœur dans mes artères comme un tambour lancinant et brutal, plus lourd, plus grand, plus fort que moi-même. Ses yeux sont plongés dans les miens comme un dard dominateur qui m'empale et me paralyse. Me transperce et me déchire. Je suis victime de la mante religieuse qui n'est pas hâtée de me rassurer. Puis sa main se relâche, quitte mon poignet, et rejoint doucement sa bouche. Ses doigts se ferment comme des pinces, passant le long de ses magnifiques lèvres comme une fermeture éclair qu'elle clôt. Mimant une boîte qu'elle ouvre, elle y jette ce silence factice, cette confession honteuse, fait semblant de refermer à clé la boîte imaginaire, et met cette boîte dans son sac à main. Je la regarde, je suis perdue et en larmes. Je sens un frisson me parcourir les jambes, les cuisses et les reins, puis un bourdonnement monter lentement dans mes tempes. Mes oreilles vibrent, ma vue s'assombrit. Le voile en deuil me couvre la face, mon confesseur s'efface. Puis plus rien.

Le noir.

Au son d'un rythme lent et lourd, saturé de basses profondes, je flotte dans un espace noir et immense. Au loin, des étoiles inaccessibles me ramènent à ma condition propre, ou pas, me rappellent la minuscule que je suis. Loin de leur clarté, j'erre dans le néant sans lumière. Je survole un échiquier, toujours le noir qui frôle le blanc par intermittence, par voisinage.

Me vient à l'esprit la légende de Sissa et du Roi Belkib, les grains sur l'échiquier. Allégorie du manque de réflexion avant de parler ou de s'engager. Un grain de blé sur la première case, deux sur la seconde, quatre sur la troisième, huit sur la suivante et ainsi va l'équation. Si le Roi dit à Sissa qu'il lui offrira les grains jusqu'à la case soixante quatre, il réalisera bientôt que les réserves de son royaume n'y suffiraient pas. Ai-je réellement livré ma vérité à Ani ? Ai-je bien fait ? Ai-je anticipé ce que cela va déclencher ? Je dérive toujours dans l'immensité sombre, très très loin de la lumière.

Coton noir.
Cocon sombre.
Bain chaud dans la nuit.
Goût amer.
Langue lourde.
Un présage.
Une lumière.
Lever de paupières.

Quand j'ouvre enfin les yeux, ignorant combien de temps plus tard, le bourdonnement a disparu. Mes yeux sont encore mouillés. Je suis assise comme une enfant, recroquevillée sur les genoux d'Ani. Ma tête contre sa poitrine. Je sens sa main dans mes cheveux et la chaleur de son corps, de son cœur. Je voudrais rester là pour toujours. J'entends sa voix qui sussure à mon oreille. Je ne saisis pas tous les mots. Plutôt des bribes. Seulement deux mots se détachent de la caravane de murmure perdue dans le chuchotement.
« Mon cœur » voilà ce que j'entends distinctement.

Mon cœur.

À partir de cet instant, rien n'a plus été pareil. J'étais à la fois délivrée de mon fardeau d'avant, mais aussi projetée comme une pierre lancée du ciel vers la terre. Météorite volant au contact de plus grand que soi. Abominable loi de l'attraction, sans pitié pour les plus faibles pulvérisés par ce baiser. Et pourtant, que la chute est douce lorsqu'elle nous précipite dans les bras de l'être admiré ! À partir de ce jour-là, je n'ai plus été avec elle seulement pour dîner, mais aussi durant la journée. Depuis le matin jusqu'au coucher. Et j'ai désormais découvert un sentiment, un ressenti que je ne connaissais pas. Que je n'avais jamais connu de ma vie : la sécurité ! Dans ce nouveau cocon, je me sentais pour la première fois en sécurité, protégée... Il s'agit d'une sensation qui n'a rien à voir avec une réelle protection, car j'ai passé ma vie à me mettre en danger de manière complètement intentionnelle et mesurée de façon précise à chaque fois, en limitant les risques de l'imprévu au maximum. Sauf la dernière fois évidemment. Non, il s'agit davantage d'une sécurité qui me rassure sur ce que je suis. Sur « pourquoi je compte ».

Notre quotidien, depuis est partagé, mêlé, entremêlé. Alors que je ne quittais jamais l'hôtel et ses environs immédiats, Ani, au contraire, passe ses journées loin de l'édifice de granit blanc. Elle n'y revient que le soir, pour nourrir ses petits. Elle me fait découvrir plus loin que l'horizon. Elle connaît parfaitement la région. Je l'observe au quotidien avec ses jumeaux. Chaque sortie est liée à une thématique, que ce soit un fruit, un type de bois, une couleur, une odeur ou un mot. Et elle développe toute la journée autour de ce thème pour solliciter et stimuler la vivacité d'esprit de ses jumeaux.

Admirable préceptrice qui souhaite pour sa progéniture le meilleur enseignement possible. La curiosité n'est plus un vilain défaut, c'est la porte ouverte sur le champ des possibles. Sans empiéter sur son territoire, je participe discrètement à cet accompagnement éducatif. Et elle aime ça. Ses yeux me le disent, ainsi que son sourire.

Le temps a encore passé, je ne sais même plus depuis combien de temps je réside à l'hôtel Aspaklaria. Peut-être une éternité.

Ani ne m'a plus jamais reparlé de ma confession. Comme un sujet clôs. Un abcès percé, soigné. Des berges suturées. Dans la boîte à jamais fermée à clé.

Rebis s'est mis à parler davantage. Pas autant qu'Almandine, mais beaucoup plus que lui-même. Lui aussi est comme sorti de sa pénombre pour venir à ma rencontre. Je comprends mieux le double sens de "connaître", "naître avec".

Aujourd'hui, au jardin, Rebis me propose une partie d'échecs. Assises près de nous, Ani et Almandine nous observent sans rien dire. Rien que la vue du damier et des pièces contrastées éclaire le regard de Rebis. Il préfère les pièces blanches, peut-être pour la prééminence de l'engagement. Il se débrouille plutôt bien aux échecs pour son âge. Une vraie prise de conscience des enjeux et des dangers, un véritable calcul d'anticipation. Une tête bien faite. À la fin de la partie que j'aie remportée difficilement, je lui raconte l'histoire de ce roi qui n'a pas pu être protégé par ses soldats, petits pions impuissants eux-mêmes par manque de protection, perdu avec un fou pour seule compagnie et qui meurt sous l'attaque de la reine d'ébène et de ses cavaliers, encerclé dans sa tour d'ivoire.

— Tu vois Rebis, le plus essentiel peut être perdu si le plus négligeable n'est pas préservé. C'est le paradoxe, le Roi a beau être la pièce la plus importante, il est démuni et désemparé lorsqu'il s'agit de combattre ou même seulement se défendre face à l'adversité. Sans ses sujets, sans les siens, il n'est rien.

Rebis éclate de rire. Je n'avais jamais vu ses dents auparavant. Ani me regarde, mais elle ne semble pas apprécier l'histoire. Je le vois au petit pli qui se forme sur la commissure de ses lèvres, comme un signal de douleur contenue. Je réalise que les histoires peuvent toujours être prises comme des allégories ou des paraboles et que chacun peut y lire ce qui le concerne. Pour celui qui a un marteau, tout est un clou. Je préfère arrêter là. Rebis se lève, prend la main d'Almandine et court dans le jardin. Ani reste assise à regarder le jeu d'échec, totalement perdue dans ses pensées. Je ne tente pas de la ramener, je la laisse où elle a certainement parfois besoin de se trouver.

Au dîner, j'observe encore Ani. Après avoir terminé de déguster lentement ses huîtres, elle taquine un oignon cuit sur une assiette blanche. Je ne l'ai même pas entendue demander cela au garçon de salle. Je n'ai vu personne lui apporter son liliacé. Je la regarde avec son assiette posée devant elle, tel un autel devant lequel la Madone se pâme en dévotion. Un oignon seul. Sans rien autour. Sans garniture, ni fioriture. Un bulbe nu. Le bulbe incongru.

Pendant ce temps, Almandine et Rebis racontent que Monsieur Séraphin SOMMEIL leur a montré comment il nourrissait les tortues du terrarium avec des flocons végétaux et de minuscules bêtes. Ils ont eu le droit, le privilège d'entrer dans le terrarium et de prendre les tortues dans leurs mains. Monsieur SOMMEIL leur a expliqué comment ces petites carapaces avec des pattes, vivaient, comment elles s'alimentaient, le climat qui leur convenait le mieux... Les enfants semblent enchantés de leur découverte, et surtout, totalement indifférents à la sorte de transe qui habite leur mère en ce moment. Ani, elle, reste hypnotisée par sa tulipe sans fleur. Les enfants imitent la démarche des tortues avec leurs petites pattes et leur toit encombrant. Je suis spectatrice de deux représentations simultanées. Au bord d'un double théâtre de pantomime, je suis témoin de l'expression de deux générations.

Ani fait tourner l'oignon dans son assiette.

Almandine a été la plus curieuse et la plus technique, elle a questionné Séraphin sur le fonctionnement du système de ventilation du cube de verre. Il lui a expliqué que le terrarium était l'endroit le plus sûr de l'hôtel, avec une vitre incassable, une structure ignifugée et un système de renouvellement d'air entièrement autonome. Une merveille de technologie, une place imprenable, un bijou de sûreté et de survie. Une enfant qui parle de purification d'air et de filtration des particules au moment du dîner... Je suis un peu perdue par le décalage de l'enfance d'aujourd'hui comparée à celle que j'ai connue moi-même. J'entrevois dans le même temps l'abyme déroutant entre la conversation des enfants et l'état léthargique de leur mère, à la même table. Deux mondes, deux perceptions. Deux théâtres d'émotion. Et moi, au milieu, comme l'aiguille d'une boussole au dessus de laquelle se balancerait un aimant. L'attirance mécanique. Le trouble magnétique.

Et Ani scrute l'oignon. En faisant toujours tourner son assiette comme le ferait un potier ou un émailleur. Le dessus du bulbe est calciné. Délicatement, de la pointe de son couteau, elle enlève une première couche. Sans un regard pour nous. Telle une lionne qui jouerait avec sa proie. Elle retire une seconde couche, rendant à la sphère son éclat. Puis elle continue de la déshabiller, couche par couche, strate par strate, comme un voile après l'autre, en continuant de faire tourner l'assiette, la tournette, se servant de son couteau comme d'un ébauchoir, elle le sculpte, le met à nu.

Les enfants parlent toujours, et miment certainement les tortues, ou bien Séraphin SOMMEIL, c'est flou, je suis partie, perdue entre Ani et eux. Je les entends comme s'ils étaient loin. Comme une ancienne mélodie qui résonnerait en écho sourd dans les alcôves d'un temple. Je suis absente, égarée à la lisière des trois. Ani qui sculpte un bulbe, Rebis qui parle de carapaces, et Almandine d'oxygène. J'en manque, mon esprit s'embue.

Je regarde le bulbe rétrécir dans l'assiette d'Ani, couche après couche, puis finalement disparaître totalement sur son petit autel du sacrifice, ne laissant qu'un amas de voiles translucides épars, tels des lambeaux de souffrance. Et puis plus rien au centre, le vide. Un noyau illusoire. La vanité du parement. Le néant à qui on a retiré sa robe et qui apparaît tel qu'il est réellement.

Ani observe son épluchage d'un air circonspect, puis se sert très lentement, en décomposant totalement sa gestuelle habituelle, un verre de vin blanc, sa pantomime est encore en marche. Elle lève son verre et m'observe à travers, longtemps, très longtemps, lentement, très lentement. Puis en exagérant sa pose, y porte ses lèvres. Je mords les miennes en la regardant. Ne sachant trop si cette petite chorégraphie du bulbe et du raisin était fortuite ou maîtrisée. Caressante ou ascérée.

Puis Ani lâche :

— Est-ce que c'est le hasard si le mot VERROU, lorsqu'on le lit, les syllabes à l'envers, se prononce OUVERT ?

Je reste interdite. Elle a épluché un oignon en retournant le mot VERROU dans sa tête... Elle a le cerveau en ébullition, comme moi. Une lionne qui n'a même pas besoin de psychotropes.

Un esprit félin où l'autre se perd.

6 — Le labyrinthe, comptoir des vaniteux

J'avance, le soleil dans les yeux. C’est le matin.

Les petits cailloux blancs crissent sous mes pas. Je suis à l’entrée du labyrinthe qui surplombe un des jardins. Sur une des deux colonnes de l’entrée, un plan gravé sur une plaque de cuivre donne l’inconnue de l’équation. Trop facile. Le chemin à suivre pour trouver la solution. Je le regarde, le mémorise, puis me dirige vers le début du parcours. Je sais que je peux me lancer comme une fusée dans cette excursion sans fil.

Sans autre fil pour me retrouver que celui de ma pensée. Sans Parque pour me le couper.
C’est mon destin qui m’attend dedans. Là. Juste devant moi.

Je marche quelques mètres, puis sans réellement savoir pourquoi, je décide d’oublier la carte du chemin à suivre. Volontairement, je veux me perdre. Voir si je peux me retrouver seule. Dans tous les sens du terme. C’est stupide en soi. Les signes et les repères servent à cela. À s’aider pour se diriger, se retrouver. Mais l’idiote prétencieuse que je suis n’a pas besoin de ça. Orgueil quand tu nous tiens ! Ego surdimensionné pour une aussi petite créature face à la nature. Ridicule et pathétique femelle. Tais-toi Juliessa ! Boucle-la !

J'ai toujours pensé que l'être humain était infantilisé. On passe notre temps à être materné. On nous dit quand avancer, quand nous arrêter. On nous indique, on nous informe, on nous commande. On nous conseille, on nous avertit, on nous interdit. On nous dit quand c'est bien. On nous dit quand c'est mal. On nous traite comme un petit animal pas encore sevré. Le postulat premier est que les gens dans leur immense majorité ont besoin d'être dirigés.

Un chef, un Roi, un Maître, un Guide ou un Gourou. La hiérarchie, comme veine, comme artère, comme squelette du groupe ou du clan. L'esprit grégaire est déjà un aveu de faiblesse. On prend soin des siens. On aime les siens. On supporte ou on déteste les autres, mais on en a besoin.

C'est le grand paradoxe du groupe et de la cité. On vit les uns avec les autres, les uns parmi les autres, ou parfois les uns sur les autres, mais avec une serrure sur la porte, une grille au bout du jardin, un cadenas sur la chaîne. La clé, si elle est faite pour ouvrir, elle est surtout faite pour fermer. Isoler, cloisonner, dissocier. Tout est fait pour nous séparer. Elle vient peut-être de là mon obsession d'effraction. Impétueux désir de briser les barrières. Outrepasser les limites et les frontières. Rendre l'intérieur à la lumière.

Je respire l'air en marchant.

Je suis de mauvaise foi en réalité. On a besoin des bornes, des limites et des frontières. Les règles sont aussi là pour nous protéger. De nous-mêmes, mais surtout d'autrui. C'est parce que l'on sait que l'homme est un animal sauvage comme les autres, que les règles et les commandements sont un bouclier que l'on doit chérir et préserver. Le basculement dans cette sauvagerie est seulement contenu, pas totalement disparu chez nous autres Homo Sapiens. Il est là, à l'affût au coin de la rue. Il est en nous, ancré comme une racine. Le moindre d'entre nous le sait, le sent. Il en faudrait peu pour de nouveau, comme nos ancêtres, montrer les dents et mordre. Je pense souvent à ces traces qui nous restent au quotidien. Ces petits gestes qui paraissent anodins, mais qui en disent long sur ce à quoi nous sommes enclins depuis toujours. La poignée de main en guise de salut, n'est rien d'autre qu'une fouille imposée, une palpation à distance raisonnable, qui dit à l'autre : « Je n'ai pas d'arme dans la main, je ne viens pas pour te tuer». Gage de sécurité. Garantie pour aujourd'hui de ne pas être poignardé...

Triste réalité oubliée. On retrouve cette méfiance de l'autre, de l'invité, quand autour d'un verre, on propose de trinquer. On cogne les verres en se regardant dans les yeux. On oublie souvent que par le passé, il y avait dans ce choc de cristal, de métal, de corne ou de bois, un échange de liquides d'un verre ou d'une coupe à l'autre. Les vases communicants en méfiance d'un possible empoisonnement. Tu me proposes à boire ? Qu'as-tu mis dedans ? Bois ce que je bois, et en même temps que moi, en me regardant. Méfiance, méfiance, méfiance. Aujourd'hui, on a tendance à ne pas savoir ce que ce geste dit. Pourtant, il nous raconte notre sauvagerie. Notre violence. Notre esprit tortueux, retors, qui est tout sauf pacifique. Planète belliqueuse, qui de toute son histoire, n'a jamais connu un seul jour de paix totale. Quelque part, de tous temps, il y a eu une guerre. Le conflit, l'affrontement, sont dans la nature humaine. Mars nous hante depuis toujours, et peut-être à jamais. Pas de pays, pas de nation sans prison, sans forces de l'ordre. Petit rappel de qui nous sommes dans cette grande symphonie des traîtres, à l'ombre des lâches et dans la lumière des despotes sanguinaires.

Je « monologue », je « soliloque » j'interroge la nature de l'être, je me justifie dans ce que je porte de plus mauvais en moi. La crasse humaine. Je suis l'impie de ceux qui rêvent d'un monde meilleur, prosternés dans leurs supplications à un être supérieur. Si nous sommes à l'image de « Ça », il est permis de se poser des questions. Les chiens ne font pas des chats. La descendance porte toujours les stigmates du géniteur ou de la mère. Qu'on l'appelle Père, concepteur, bâtisseur ou déité, nous portons tous en nous son héritage. En bien ou en mal.

On a bien souvent la vertu d’ignorer nos vices.

Novice en ce jardin, je passe ma main le long du mur végétal, tout en marchant. Je fais le deuil de mes opinions pour un temps. Mes doigts caressent délicatement les feuilles vertes et fraîches du matin qui ondulent sous ma main. Je sens la chlorophylle monter les petits escaliers de ma tête pour arriver jusqu’au grenier, à mon cerveau. Elle y éclate alors à l’intérieur, mille douceurs sécrètent leur nectar comme un miel délicieux. Je communie avec la nature, les feuilles, les arbres, les fleurs, les boutons, les bourgeons. Je me perds dans le labyrinthe du jardin. L’impasse m’appelle et me retient. Je sens l'air encore un peu frais à cette heure de la journée faire glisser sur mes joues sa robe de jasmin. Je suis le magnolia épanoui de soleil. Je suis l'éventail de pétales blancs qui se pâme à la clarté dorée. Je marche. J'avance les yeux plissés, ne laissant passer que ce qu'il faut de lumière entre mes paupières pour ne pas tomber.

Et je vais, comme cachée derrière mes persiennes.

Je ressens cette plénitude des matins d'été qui sont la promesse d'une merveilleuse journée. Le présent du jour à mes pieds déposé. La lumière, les sons, la brise, les parfums. Quand tout nous dit que c'est l'instant qu'il faut savourer. On sait que cela ne va pas durer. Que c'est là. Ici et maintenant. Une part de bonheur tombée dans notre assiette, que nous regardons en tenant la fourchette. Ces sentiments de plénitude qui passent souvent par la bouche et le ventre. Je t'aime donc je te mange. Je te dévore. Je suis l'ogre et toi mon doux martyr. Je me nourris de toi. Je te partage. Je te savoure. Je te dissèque. Je t'analyse. Je te découpe, je te scalpe, elle m'aime pour ça, je ne refuserai pas. J'embrasse entièrement l'instant. Le moment.

Ce genre de temps qui nous revient à l'esprit des années plus tard, provoqué par un détail. Un infime rouage qui va déclencher toute la machine à remonter les instants. L'ouverture d'un tiroir de la mémoire, les archives du passé. Quand un bruit ou un parfum vous replonge dans cet instant en un éclair. Le baiser de Mnémosyne, déesse de la mémoire. La fulgurance des sens à leur apogée. La rosace du souvenir qui s'ouvre et se pâme, et nous fait dire « Je me souviens » dans un infini plaisir.

Puis soudain, le parasite brise la magie. L'intrus dans le jardin de la volupté. Le doigt pincé dans l'engrenage qui a tout à coup bloqué la mécanique du bonheur.

J'entends des rires aigüs sortir de derrière les buissons. Désagréables, agaçants. Puis ces rires se font rauques et brutaux. Des rires gras. Stupides. Pleins de morgue et de suffisance. Les mécanos de la panne travaillent en chœur. Au tournant, j'arrive à la source de ces sons disgracieux. Ils sont là, ils sont deux. Ils sont bruyants. Un couple bedonnant se trémousse à quelques mètres devant moi, je passe tout près d'eux. Je n'aime pas l'odeur qu'ils dégagent. L'eau de cologne et l'orgueil. La charogne et le deuil de l'élégance. La suffisance et le rien. L'arrogance des médiocres. Je n'aime pas le bruit que font leurs corps, leurs habits qui se frottent. Du papier glacé que l'on froisse. Du papier sans encre. Du papier qui ne dit rien. Juste du tissu dégueulasse qui chuchote. Ils me regardent quand je passe. Je n'aime pas leurs yeux qui me fixent. Petites billes froides dans une chair chaude. Leurs cheveux sont de la paille sèche plantée sur du gras. Leurs mains moites sont des pieuvres molles qui se collent. Je n'aime pas ces gens. Je passe. J'entends leur souffle court et puant derrière moi. J'avance pour semer cette vision, ces hideux. Les laisser à leur glue. Le gravier m'accompagne toujours avec ce délicieux bruit minéral qui me rassure. Je suis méchante. Je suis haineuse. Je les déteste. Je me déteste moi-même. Je dévore et vomis les raisons de ma colère.

Qui suis-je pour juger ou haïr ? Moi la voleuse, la pilleuse. Petite garce. Logeuse du crime et du délit. Je n'ai aucune prérogative pour donner mon avis, ma couleur. Je mérite de me perdre. Je cherche à m'oublier. La matinée était si bien commencée. Comment ai-je pu me laisser entraîner dans cette vilaine humeur ? Ils ne méritent pas ma haine. C'est du transfert que je fais. Cette violence est pour moi, pas pour eux. Je ne les connais pas.

Je suis navrée de mes mauvaises pensées. Je sais au fond de moi que j'ai volontairement gâché ce moment. J'aurais pu passer et les ignorer. Mais non. Cette petite tâche sombre au fond de moi m'a parlé, m'a pincé. Elle m'a sortie de ma torpeur, jalouse de m'y voir sombrer dans un bonheur peut-être non mérité. Cette part de moi qui me rappelle mes fautes. Qui veut me punir, me priver de plaisir, tant que je n'aurai pas expié. Ma moitié de garce qui me juge et me pique. Cet intrus en moi qui démange. Qui plante dans ma nuque le pavillon déchiré de l'orgueil, là où elle sait que ça blesse. Ferme-la petite diablesse ! Catin de la culpabilité ! Déchêt de l'honnêteté ! Rebus de la justesse ! Qui es-tu pour juger ?

J'arrête, je pose les armes. Que revienne le charme !

Je poursuis ma route sinueuse et délicieuse. Je ne veux pas davantage gâcher ce plaisir. Je passe d'un couloir à l'autre dans ce grand labyrinthe. Je déambule et glisse comme un serpent qui découvre un terrain. À l'entrée, le plan pour trouver le centre semblait limpide. Pourtant, les méandres se révèlent plus vicieux une fois dedans. J'ai décidé d'oublier le plan, et puis voilà, je me suis égarée. Je me suis perdue. Et j'erre toujours sur le gravier blanc au milieu des murs verts. Je suis la chenille qui avance sans savoir pourquoi, perdue, sans but et sans réflexion. Je suis l'instinct brut et sauvage. La créature sans raison. L'animal rendu à sa stricte et primale condition. Uniquement « animé », sans pensée, sans analyse, sans état d'âme. Privé de sapience.

Sans vraiment l'appréhender de façon claire, j'ai la sensation que les heures passent et je n'ai toujours pas trouvé le centre. Je m'en moque, je vagabonde, je chemine. J'imagine qu'une autre, plus censée aurait maintenant cherché la sortie. Mais non. Moi pas. Moi je cherche encore du labyrinthe le nombril. Moi Je. Moi je. Moi Jeu. Quelle prétentieuse ! Et je me perds plus avant. Je suis stupide et bornée. Je suis le centre et la périphérie. Je suis le cercle et le carré. Le rayon et la circonférence. Je suis la géométrie sans règle. Je suis le point au milieu de nullc part. Je suis le départ sans arrivée. Je ne sais pas où me placer. Je suis le compas sans pointe et sans mine, qui avance à grandes enjambées tel un clown sur des échasses qui le mènent au hasard, et surtout nulle part. Je suis certaine d'être perdue dans ce labyrinthe depuis des heures, mais je ne trouve pas encore cela désagréable. Pas encore. Je suis lente à réagir. Trop lente.

Plus jeune, j'imaginais le monde comme un immense labyrinthe dans lequel les êtres vivants se déplaçaient sous l'empire de ce que je ressentais être « un flux d'intentions ». Chaque être vivant quand il avance dans la rue ou ailleurs a l'intention d'aller quelque part. À un endroit, puis à un autre. D'un point A à un point B, puis on continue l'alphabet. Et la somme de ces flux d'intentions génére une énergie stérile. Stérile en soi, tout en se faisant croire fertile aux yeux des autres. On discute, on explique, on argumente, on débat. On tente de convaincre, ou on finit par admettre.

Mais au final, tout ceci n'est qu'un théâtre de marionnettes. Où tout est décidé d'avance. Nos mouvements ou déplacements étant dirigés par les routes tracées de ce labyrinthe de la vie. Chacun tire ses propres fils, acteur, manipulateur et public à la fois. La triple schizophrénie humaine. Tout le monde naît au monde pour finalement disparaître. Et durant ce laps de temps que dure la vie de chacun, tout le monde gère ou fait semblant de gérer des flux d'intentions. Tout le monde fait semblant de donner une grande importance à ce qui n'en a souvent nullement. Rien que le fait de se donner des noms et des prénoms nous rassure sur notre vanité. On s'aveugle de notre personnalité. On se fait croire qu'une trace doit être laissée sur le mur de l'éternité. Et pourtant, très souvent, quelqu'un nous rappelle comme une gifle en plein visage, que « nul n'est irremplaçable ».

Ça cogne le cerveau, ça ébranle l'ego. Ca remet les choses en place. Redescends de ton piédestal, toi avec ton Moi boursouflé, ton opinion de toi surdimensionnée ! Narcisse n'est pas immortel. Il en a payé le prix à vouloir l'ignorer. On se croise, on s'aime, on se déteste, on se fâche, on se réconcilie, ou pas. Et cette marmite géante qu'est la planète, bouillonne de ces flux inutiles et fugaces.

Les projets, les buts, les ambitions, les trahisons. Tout un amas de choses qui tendent à donner à la vie de chacun une raison. On naît seul, on vit avec les autres, puis on meurt seul. Le passage de l'autre côté se fait en monoplace, même pour les jumeaux ou les triplés. On naît nu, on se vêt comme pour se voiler ou se cacher durant cette existence, puis on repart nu comme un ver. Comme on est venu. Ramené au format d'un labyrinthe à taille humaine, le flux d'intentions devient d'une pauvreté absolue. Ca y est je redescends de ma rêverie. Je suis entrée dans ce labyrinthe, présomptueuse marcheuse, avec à présent le but d'en sortir. Quelle conne...

À l'angle d'une allée, une grande femme fine et belle se repoudre dans un petit miroir. Je dis belle, parce que dans l'inconscient collectif, chacun a son canon de beauté. Et là, je suis seule à la voir. Quand on raconte à quelqu'un une histoire qui nous est arrivée, on a beau décrire et expliquer, l'histoire qui va se reconstruire dans la tête de celui ou celle qui écoute, va être totalement reformatée. L' « écouteur » devient créateur. Si je dis « belle », arrivé à vos oreilles, ce n'est plus « belle » comme moi je l'entends, mais « belle » comme vous vous le figurez. Toute la magie des récits est là. Une histoire n'est jamais figée. Elle est éternellement remodelée par celui qui l'écoute. De la bouche aux oreilles, elle est identique, puis arrivée au cerveau, elle est modifiée, arrangée par nos soins, par notre expérience, par nos goûts. Nos différences sont le petit cabinet d'architecte qui reconstruit les choses. Même pour une situation vécue ensemble, plusieurs personnes n'auront pas les mêmes souvenirs. Un événement et plusieurs témoins sont l'équation dont la résolution donne plusieurs résultats complètement différents. Les romains disaient « chacun voit midi à sa porte ». Ce que je vois, n'est pas ce que toi tu vois.

Mais si je dis « elle est belle », alors tu comprends qu'elle est belle. Tu vas te la figurer avec tes propres critères. Pour toi aussi elle sera belle.

Elle est belle.

Elle est vêtue de mousseline noire. Une robe ajustée, bien dessinée. Ses longs segments articulent son corps fibreux, surmonté d'un magnifique chignon équilibré et travaillé. On dirait un dragon incarné. Grand, majestueux, impressionnant, un monument d'élégance et de dignité. Une créature mythique, sortie tout droit d'un récit fantastique, qui soudain prend vie dans le réel, sous mes yeux. Sa peau est trop blanche cependant. Ses lèvres trop rouges. Ses cheveux trop noirs. Mais elle semble prendre un plaisir infini à se regarder dans son petit disque qui la réfléchit. Elle se sourit à elle-même, n'ayant besoin d'autre compagnie. Sa propre flatterie lui suffit. Au milieu de nulle part, dans les entrailles d'un labyrinthe qui semble vouloir nous avaler pour ne jamais nous recracher, elle a besoin de se voir, de s'aimer. Seule son image compte. Grand corbeau amoureux de son propre plumage.

Je ralentis le pas en passant près d'elle. Elle ne me remarque pas. Elle n'a nul besoin de moi. Elle se suffit de son Moi. Elle se regarde. Je la regarde. Nous la regardons toutes les deux. Longtemps. Très longtemps, dans mon pas suspendu. Elle a réussi à arrêter le temps autour d'elle dc par sa gravité. Sa capacité à m'attirer. Comme un astre massif, elle m'a hapée dans son orbite. Tout autour d'elle je tourne comme une lune attentive. Et le temps se fige. Pour un instant ou plus longtemps, impossible de le dire. Puis je la laisse en état de grâce et je passe, quittant son orbite. Je poursuis ma fuite vers le vide. Mais à son contact, j'ai changé. Je suis comme elle à présent. Je m'aime. Je me trouve belle sans miroir, j'imagine mon reflet. En passant près d'elle, j'ai comme aspiré son ego. Je suis l'éponge caméléon. Je suis la feuille de carbone. Au contact des autres, je deviens l'autre. Je suis le reflet dans le miroir. Je suis l'image renvoyée. L'ombre projetée. Je suis le côté pile de la face des autres.

Et je reprends mon errance, j'avance.

Toujours perdue, toujours retenue prisonnière de ce dédale sans Minotaure, je repense au lingot que je voulais faire breveter. Cette idée fantastique que j'avais eue d'un petit coffre-fort portable ayant l'apparence d'un gros lingot d'or, dans lequel pourraient tenir des diamants ou des bijoux précieux. Placé dans une maison ou un appartement, il serait transportable dans la main à travers l'habitat. Ni scellé, ni vissé nulle part. Uniquement retenu par un noyau magnétique contenu dans le lingot, qui empêcherait de le faire quitter les lieux. Arrivé à la porte de la maison ou de l'appartement, le champ magnétique installé aux frontières de l'habitat retiendrait le lingot dans les limites de la propriété. Impossible de lui faire franchir la porte vers l'extérieur. Quant au lingot lui-même, il s'ouvrirait grâce à une combinaison de basculements dans la main. Personne n'y verrait là un coffre-fort. Ni même un vrai lingot. Juste un petit objet ostentatoire négligemment laissé posé sur un meuble, comme une sculpture. Un insolent signe extérieur de richesse. Gadget merveilleux pour milliardaires facétieux.

Et pour l'instant, je suis ce petit lingot-coffre-fort. Je bascule sur moi-même depuis des heures. Et je suis retenue dans les frontières du dédale. Interdite de sortie. Captive du ramage.

Le soleil a maintenant baissé derrière les murs du labyrinthe et je suis toujours à l'intérieur. Dans le ventre du jardin géométrique. Ignorant où. Près de la fin ou du début ? Au milieu des crissements sous mes pieds, je reconnais un son familier.

Une petite voix douce et claire. Almandine parle avec son frère derrière le mur. Je suis donc près de la sortie. Je m'arrête. Tout ce temps passé pour rien. Je n'ai pas trouvé le centre, je n'ai pas trouvé le cœur. J'ai erré des heures pour revenir à mon point de départ. Errance elliptique et vaine.

Je m'étais fixé un but que je n'ai pas su atteindre. Je suis l'échec simple et splendide. La magnificence du revers, l'éclat du fiasco. Je reprends ma marche qui a maintenant un cap, celui du retour vers la sortie. Navigation tranquille, croisière sans hasard, je suis le marin échaudé et amer, qui rentre au port sans avoir pris la mer.

Un instant plus tard, je suis sortie du labyrinthe. Je retrouve mon trio favori. Mon brelan triomphant. Almandine me saute dans les bras comme si j'étais une proche, un parent depuis toujours. Ses mains m'enlacent et je la fais tourner sans même savoir pourquoi. Ce réflexe qu'on a lorsque quelqu'un se jette dans vos bras. Comme si on se calait sur un mouvement circulaire qui remonterait le temps, ou au contraire qui nous fondrait dans une forme infinie pour que cet instant ne s'arrête jamais. Cette force centrifuge qui veut nous arracher ceux qu'on aime, et que de toutes nos forces on retient pour les ramener au centre, au nombril, au cœur. Peu importe, l'idée reste la même.
Je la repose doucement au sol. Elle ne lâche plus ma main.

Je regarde l'entrée du labyrinthe qui vient de me recracher.
Je ne sais même plus ce que j'étais venue y chercher.

J'ai trouvé Almandine.

7 — La fuite devant le désir

J'ai du mal à être. Je voudrais devenir. Je ne suis pas. Du moins pas encore.
Perdue dans mes contradictions, dans mes vices et mes vertus. Enfermée dans mes paradoxes. Coincée dans mes dilemmes. La victime de moi-même. La proie dans le miroir du prédateur que je suis.
Je suis le chapitre manquant de ma vie, l'imposture de mes propres sentiments.

Un flot de honte m'envahit, comme une vague qui me dirait tout le mal qu'elle pense de moi. De l'intérieur. La sensation d'être mauvaise, flétrie, pourrie. À jeter, à bannir, à oublier. Altération de mon amour-propre, je suis soudain pleinement consciente de ce qui me rend sale. Je ne supporte plus le poids de mes infâmies, j'ai soif de repentir et d'expiation. J'appelle le châtiment par son nom. Je lui crie ma colère et ma détresse. M'entend-il ce bâtard du Purgatoire ? Fibrillation de mon ego. Contrariété de mes ambitions. Je suis le jouet cassé de ma déréliction...

Le petit déjeuner a une saveur amère sur ma langue. Je dois avoir l'air d'être désespérée ou contrariée. Ani me regarde silencieusement. Les enfants ont terminé leur chocolat, et viennent de sortir jouer dans le jardin.

Je regarde Ani devant son café, et lui annonce :

— Je pars quelques jours.

— Tu as rendez-vous ?

— Avec moi-même probablement. J'ai besoin de me retrouver seule. Je vais gravir la montagne.

— Bracine m'en a parlé. Il dit que tu mettras trois jours pour arriver au sommet.

— Comment a-t-il pu savoir que j'allais au sommet ? Je n'en ai parlé à personne. Même moi je l'ignorais il y a encore quelques heures. Je viens seulement de prendre cette décision.

— Il en voit plus qu'il n'en a l'air. Et il n'est pas seulement ce qu'il semble être...

— Tout cela n'est pas très clair...

— Surtout pour lui... lâche-t-elle, d'un air coquin. Et où dormiras-tu ?

— À la belle étoile si elle veut bien de moi.

— Te souviens-tu dans quelle partie du monde nous sommes ? Une faune dangereuse peuple la flore, elle-même plutôt hostile. La farandole vicieuse de la chaîne alimentaire. Dans laquelle, tu n'es pas au sommet mon cœur !

Ani me regarde admirative et inquiète à la fois. Je sais pourtant que je suis capable de le faire, sans l'aide de personne. Et par dessus tout, j'en ai besoin. Je veux me laver dans une première épreuve. Mon premier gros défi sur moi-même. Et non plus sur la source de mon adrénaline. Chose que je connais depuis des années. Je veux éprouver mon corps et mon âme. Fouetter mon esprit, cingler ma résistance.

En fin de matinée, je suis sur le sentier qui quitte l'hôtel. Je me dirige vers la montagne. Elle me paraît bien plus haute que vue de ma chambre. Je ressens déjà l'appréhension d'un objectif peut-être trop ambitieux. Je me suis toujours dit que les défis devraient être plus importants qu'on ne l'a premièrement décidé. Surtout lorsqu'on a tout juste commencé à les relever. Placer la barre plus haut, bien plus haut, toujours plus haut. Et en même temps, les prétendus trois jours d'ascension selon Bracine, me paraissent complètement aberrants. Je suis certaine d'arriver au sommet en fin d'après-midi.

J'avance à un rythme assez rapide au début, puis quand arrivent les premiers niveaux, ma marche se ralentit un peu. Il faut que je prenne mon temps, trois jours si c'est vrai, je commence à me poser des questions. Je ne dois pas m'épuiser dans l'instant. Je repense à ce que m'a dit Ani. Comment Bracine a-t-il su ? Je n'aime pas cette sensation d'être ouverte comme un livre. Décryptée comme une lettre publique. Visionnaire aveugle, le grand filiforme se glisse dans les gens pour y fouiller leur lecture, s'abreuver de leurs secrets, de leur avenir. Des entrailles, un destin. Au son des boyaux je suis attentive. J'écoute mon propre souffle en gravissant un rocher. Comme un insecte en quête de... je me suis toujours demandé ce que cherchaient les insectes.

Petite, j'observais les fourmis qui allaient et venaient à la sortie d'un trou dans le jardin. Je passais des heures à les regarder. Leurs petits mouvements pressés cachaient mal un désordre non-avoué. Tant d'allers-retours sans motif. Un peu comme moi dans mon labyrinthe. Et ceci multiplié par les centaines de petites ouvrières qui font semblant d'avoir plein de choses à faire. Je vais, je viens, je retourne d'où je viens. Je multiplie mes allées et venues. Petite fourmi prétentieuse, qui cache à sa Reine sa balade paresseuse. Oisiveté déguisée.

Le coup de barre soudainement. Les fourmis m'ont fatiguée rien que d'y penser. Je m'assieds sur un rocher couvert de mousse. Je souffle un peu. Le soleil projette mon ombre sur le rocher. J'observe mon profil en tournant la tête, les yeux complètement sur le côté. J'ai l'impression de voir l'ombre chinoise d'Ani avec des cheveux longs en chignon. J'ai le même nez, le même menton, le même profil. Je reste longtemps ainsi, assise, à regarder mon ombre d'Ani.

Petit à petit l'ombre s'estompe, devient presque transparente. Puis s'évanouit complètement. Ne laissant que la mousse verte rongeant la pierre. Un frisson me parcourt et me dit de ne pas m'attarder. Le soleil est maintenant caché derrière les nuages. Je me lève. Je reprends mon ascension.

Avançant parmi une végétation de plus en plus dense, je m'enfonce bientôt dans un léger brouillard, et je continue de monter. Je regrette presque de n'avoir pas emporté une machette pour m'ouvrir le chemin. Au fur et à mesure, le brouillard se fait plus épais. Je m'arrête et jette un œil en contrebas pour voir où je suis rendue. Au fond de l'abysse, l'hôtel Aspaklaria n'est même plus visible dans cet océan blanc cotonneux. Je ne me rends pas compte à quelle hauteur je suis rendue. Le soleil est vaincu, il a disparu dans les nuages de coton. Je ne perçois plus de différence entre la terre et le ciel, je suis à la lisière des deux mondes. Pas de garde-frontière pour me signaler la zone de franchissement, je vais entrer dans un nouveau territoire. Je scrute l'immensité laiteuse à la recherche d'un repère. Quand soudain je devine une silhouette au loin se détachant dans le ciel blanc. Elle s'approche en planant silencieusement. Un oiseau. Un grand oiseau aux longs segments. Il passe furtivement à quelques mètres de moi. Un héron. Son long bec fendant le monstre de coton blanc qui avale le décor environnant. Il disparaît en un instant plongeant dans cet abîme opalescent. Un héron perdu dans le brouillard. Un gigantesque bec pénétrant. Une fusée propulsée dans le cosmos blême.

Je suis sortie de ma rêverie de long bec pénétrant par un bruit de liquide, un bruit d'eau qui coule. Je monte vers cette chanson humide. Derrière un buisson touffu, je découvre un filet d'eau qui court entre les pierres. Une eau claire et limpide. Une eau de roche. Je passe ma main dans le fluide cristallin. La précieuse manne aquatique est moins froide que je ne l'aurais imaginée. Je la goûte. Elle a un très léger arrière-goût âcre, comme une saveur fumée. Pas vraiment désagréable, presque satinée. En levant les yeux, je ne vois pas le sommet. Je ne sais pas depuis combien de temps je suis partie. Mais si Bracine dit qu'il faut trois jours pour arriver au sommet, inutile de me formaliser sur l'heure qu'il est, je sais que j'aurai deux nuits à passer sur la mousse avant d'espérer fouler la cime.

Au bout de quelques heures continuées à gravir la montagne, la lumière ambiante se fait plus ténue. La nuit ne va pas tarder à me tomber dessus. Je me demande si c'était une bonne idée de partir à l'aventure sans équipement, sans rien. Je me rassure en me disant que Bracine me l'aurait dit si ça avait été complètement irresponsable ou véritablement dangereux. Puisque visiblement il était au courant. Je dis visiblement en parlant de Bracine... Ca n'a pas de sens. Ce que je dis non plus n'a pas de sens. J'en ferais presque porter la responsabilité aux autres si ça devait mal tourner... Quelle mauvaise foi, quel manque de dignité ma pauvre fille ! Arrête un peu ! Comme si je pouvais m'inquiéter d'une nuit à dormir dehors après tous les dangers que j'ai passé ma vie à caresser... Mais ce que je crains à présent, ce sont éventuellement de basses températures inhérentes à l'altitude. La claque des hauteurs. La gifle des sommets. En outre, je ne suis pas convaincue de trouver à manger une fois en haut.
Aucune garantie.

Bravo pour ce beau projet totalement irréfléchi Juliessa !

Avec la nuit qui m’enveloppe et recouvre bientôt de son manteau sombre l'océan de verdure devenu gris, le brouillard se dissipe. La lune apparaît, bouclier d'argent sur la cuirrasse d'un ciel noir. Macaron brillant sur un plateau d’ébène. Je me suis installée sur un rocher encore couvert de mousse. Une mousse épaisse comme un matelas pour la dormeuse en pause d’escalade. La nuit est fraîche mais la pierre est tiède. Comme irriguée d'un flux sanguin, sève du vivant. J’imagine qu’elle a emmagasiné la chaleur de la journée, qu’elle restitue une fois le soleil couché. Je suis là, seule, parmi le minéral et le végétal, comme un parasite indépendant qui n’aurait besoin de rien d’autre que le plaisir d’être là.

Témoin d'aucun contemporain, mais intruse d'un monde immobile et palpitant. Au cœur de la chair végétale et minérale. Je m'allonge sur la pierre moletonnée qui m'accepte, timide invitée dans une cour des grands. La source qui s’écoule tout près de moi me berce de son chant monotone. Seul bruit dans cette nuit immense au chevet de l'astre blanc, les molécules d’eau galopent dans la montagne crépusculaire. Invitation au sommeil. Et je m'endors, sans couverture, sans nid, sans tarder.

Je rêve. Comme toujours.
Je rêve que je gravis une colline couverte de charbon. Je suis pieds nus. Mes talons font crisser les cristaux noirs sous mes pas. Le bruit est plutôt désagréable. Et j'ai le bas des jambes tellement recouvert de suie, qu'on pourrait croire que le sol charbonneux m'avale comme des sables mouvants de caviar. Je ne sais même pas pourquoi je gravis cette colline salissante, ni pourquoi je n'ai pas mis de bottes. La seule chose présente dans mon esprit à ce moment du rêve, c'est que je suis sur la colline de l'Oracle et qu'il faut que j'avance, que je monte, que je m'élève pour quitter cette fange de carbone, toute cette crasse où je m'enlise.

Et là, au sol à quelques mètres de moi, j'aperçois quelque chose qui brille. Un éclat dans la nuit de ce sol crasseux. Je m'approche. Cela semble être fait d'or ou de métal doré. Je m'approche encore et me baisse. C'est un anneau. Une alliance. J'approche ma main pour la prendre, mais elle glisse sous le charbon. Je dégage des débris pour la retrouver. Je pousse des fragments, je balaie des morceaux. Je commence à m'énerver, je suis anxieuse. Elle était là, à ma portée. Je dégage à grands coups du revers de la main. Un nuage de poussière noir commence à s'élever autour de moi. J'attends qu'il retombe, suante et haletante. Et quand la nébuleuse en deuil s'est enfin recouchée au sol, j'aperçois l'alliance. Elle est là. Je suis heureuse, je souris. J'avance très lentement la main pour l'attraper. Je la saisis entre mes doigts. Je la tiens. Je l'approche de mes yeux pour la contempler. Quelque chose est gravé sur la face interne. Je passe le bout de mon doigt pour retirer les restes de poussière noire. Et j'arrive à lire le mot « RECONSTRUIRE » gravé dans l'alliance.

Puis tout devient sombre, flou, incertain, je reste à flotter entre des formes longilignes, comme des fils ou des routes en courbes de rubans. Véritable architecture à géométrie variable, tout change de dimensions de manière aléatoire sans pour autant donner la sensation de chaos, au contraire, on dirait presque une chorégraphie des volumes. J'ai la sensation d'être la victime hésitante de mon ou de mes destins. La velléitaire de mon sort. Le jouet de l'Oracle.

Avant les premières lueurs de l'aube, j'ouvre les yeux. La vallée est dégagée. Elle est baignée d'une lumière bleu-vert qui sort, telle une vapeur du sommet de la montagne jusqu'à ses pieds. Le spectacle majestueux de la nature endormie me sort du sommeil comme une symphonie muette aux accents de liturgie végétale. Annonçe de l'aurore qui vient. Dans cette fraîcheur nitescente, j'étire mes membres avant de me relever. Puis, je reprends mon ascension sous les premiers faisceaux du soleil naissant.

Arrivée sur un petit plateau rocheux surplombant le cours d'eau. J'envoie voler mon écho dans la vallée. Il s'enfuit dansant au faîte des arbres en contrebas. Je compose ce chœur à une voix durant de longues minutes, magicienne du son, ventriloque de l'air, mythomane d'orchestre. Symphoniste de la canopée. Et je m'amuse comme une enfant qui agirait sur les éléments. Persuadée d'être dotée de pouvoirs surnaturels, et follement excitée à l'idée de maîtriser les vibrations. Je crie à l'horizon, je hurle à l'immensité vertigineuse. Puis enfin calmée, je repars.

J’escalade de nouveaux rochers couverts de mousse, accédant finalement à de gros buissons denses et mêlés. Je dois me faufiler entre les branches touffues et les racines parfois épineuses. En enjambant une de ces racines agressives, je repose mon pied sur une pierre bancale, ma cheville fait soudain un bruit de froissement. Je pousse un long râle de douleur, comme un animal blessé au milieu d’une meute de prédateurs. Je m'écroule parmi les branches et m’enfonce dans les souches.

La sensation est intense. Comme un cinglement qui remonte jusque dans les reins. J'essaie de me relever mais la douleur me fouette de nouveau. Je reste affalée dans les racines comme un parasite incongru. Je souffle pour reprendre mes esprits. Je n'avais pas prévu cela. Je m'imagine déjà bloquée ici jusqu’à l’épuisement, je me vois dépérir, puis mourir de faim et de soif, comme un insecte géant piégé dans un buisson qui sera son dernier cocon, la marmite végétale dans laquelle je serai finalement dévorée par tous les insectes et mammifères traînant dans les parages, à la recherche de la moindre charogne. Je serai cette charogne qui emplira leur panse de nuisibles. Bâtards de la nature ! Profiteurs de ma chair !

Les heures passent, la douleur pas. Je suis toujours incapable de me lever, encore moins de marcher. Ma cheville a enflé. Sans la moindre prétention pourtant. À présent, je m'imagine vraiment mourir ici parmi les plantes, accrochée comme une guirlande au flanc de la montagne, dans une contrée lointaine. Lointaine de quoi ? De qui ? Ce qui doit arriver, arrive. Cela devait être mon destin. Ca reste pourtant étrange comme fin.

Je vois petit à petit la lumière du jour qui s'éteint une fois de plus. Je suis restée dans mes racines toute une journée. La fraîcheur du soir me fait du bien. Je sens toujours la douleur de ma cheville qui me lance. En réponse, mon cerveau a certainement libéré des endorphines naturelles, j'ai l'impression d'être un peu ivre. Ce stade agréable où les choses importantes deviennent futiles. Où même une blessure devient un petit compagnon acceptable du corps, on finit par faire l'accolade à la Personna Non Grata. Puta, la déesse qui présidait à la taille des arbres, et qui une fois le travail terminé, organisait des orgies pour fêter la trêve, a dû commencer la commémoration charnelle un peu tôt, en oubliant l'élagage cette petite catin ! Tu portes bien ton nom pour une fois... PUTA !!! Épuisée et fiévreuse de n'avoir pas bougé, sonnée par la douleur et en nage, je m'endors.

Affamée, je reprends à pleines dents une part de rêve.

Je rêve que je suis une plante, ou plus précisément une racine, un bulbe. Ani s'approche de moi au milieu de la végétation. Je suis prisonnière de la terre. Ani se penche au dessus de moi. Elle avance sa main. Ani m'arrache à la terre et me nettoie de toutes mes impuretés. De toute ma boue. Elle me lave enfin et presque aussitôt m'épluche dans une assiette blanche avec une fourchette d'argent. Elle ne me mange pas. Elle m'épluche seulement. Couche après couche. Je suis de plus en plus petite dans l'assiette, et de plus en plus nue. Elle finit par détacher mes derniers éléments, mes derniers vêtements, mes ultimes parures et je ne suis plus qu'un petit amas de pelures sur la faïence.

Ani me regarde en souriant. Et moi, je suis là, démembrée dans l'assiette. Je suis le petit plat que l'on ne mange pas. Tel un artichaut indésirable, dépecé sans être goûté, dégoûté d'être morcelé, divisé sans avoir contenté. Ani me regarde toujours avec un sourire énigmatique. Elle se sert un verre de vin blanc. J'entends le liquide couler et danser de la carafe jusqu'à son verre.

J'entends l'eau qui tintinnabule sur les rochers. Je m'éveille prise dans les bras noueux des plantes rampantes. Une journée et une nuit entières, prisonnière. J'essaie de bouger, de me mouvoir dans ce carcan, ces bras de bois qui m'entravent. Ma cheville me fait moins mal. Je me libère tant bien que mal de l'étreinte des buissons, je sors de ma captivité, j'ai fait mon temps, je vous laisse petites branches vicieuses, je vous rends à la montagne, je vous laisse à la terre, vous qui n'avez d'autre ambition que de rester clouées à votre mère. Je veux voir davantage, je veux me mouvoir, je vous dis au revoir. Je me lève. Je sors péniblement de ma cage végétale pour reprendre l'air. Et beaucoup plus lentement qu'auparavant, la boiteuse crasseuse reprend son périple.

J'aurais pu songer à rebrousser chemin à cause de ma blessure. Mais non, entêtée que je suis, bornée, conne. J'ai décidé de continuer à monter. Plus lentement, plus précautionneusement, mais je veux aller jusqu'au bout, jusqu'en haut. Chaque rocher me paraît immense à présent, chaque branchage me semble être un rempart. Tout effort est démultiplié et gourmand en énergie. Chaque pas m'est pénible. Je suis de moins en moins certaine de mon idée, de son bien-fondé, et surtout de son issue. Épuisée, je m'arrête au bout de longues heures de calvaire désiré et je me retourne. L'hôtel semble minuscule à présent. Statuette blanche miniature posée dans le bas du décor, on dirait un jouet, une maquette microscopique. Je n'ai aucun repère me disant où je me trouve sur la montagne.

Je m'assieds pour reprendre mon souffle et mes esprits. De longues minutes de récupération pour la patte folle. Puis, je tourne mon regard vers le sommet. Et là... Soudain, il me saute à la figure, me claque en plein visage. Il est là. Il ne m'a jamais paru si près. Je prends encore mon temps pour la dernière étape du voyage. Je me relève une dernière fois pour la portion finale, et reprends mon ascension avec la vigueur d'une momie centenaire, marcheuse séculaire sur les derniers mètres de sa quête ou de sa fin.

Quand j'arrive enfin au dernier palier rocheux, mes mains agrippent la pierre et j'escalade la corniche. Je me hisse en rampant. Et j'arrive au sommet. J'y suis. Je suis tout en haut de la montagne. Reprenant mon souffle. Je m'assieds en me laissant tomber mollement, tas de chiffons sales bons à laver. À l'horizon, le soleil se couche bientôt. Trois jours. Comment Bracine pouvait-il savoir que je mettrais trois jours ?

C'est au sommet de ce genre de montagne que l'on réalise que la terre n'est certainement pas une planète. C'est un vaisseau. Resté depuis si longtemps en stationnement que ses occupants en ont oublié que c'était une embarcation destinée à voyager. Probablement en panne, elle est restée ici en orbite autour du soleil, le temps de se régénérer, se réparer ou de faire le plein d'une énergie négligée. La gravité est commandée depuis le noyau du vaisseau, la salle des machines, le cœur de la nef. Afin de garder tous ses passagers à bord, qu'ils ne passent pas par dessus le bastingage, qu'ils ne se perdent pas sur l'océan du cosmos. Navire en attente de réparation, la terre est amarrée, ancrée auprès du soleil, le temps de refaire le plein du réservoir de photons. Et ça prend du temps. Même si techniquement, le temps qui passe n'existe pas. C'est une invention humaine inspirée par l'arrivée des rides et des cheveux blancs. La neige du sommet qui nous fait croire qu'il y a quelque chose d'inexorable qui se déroule et qui ne revient pas. Aucun retour en arrière. Mais je n'y crois pas.

Je suis certaine que passé, présent et futur appartiennent tous les trois au même plan, une surface unique et indissociable. Un bloc entier. L'impossible d'aujourd'hui sera l'obsolète de demain. Si l'espèce humaine arrive à perdurer, à survivre, tôt ou tard, elle maîtrisera ce qu'elle appelle actuellement le temps, et comprendra comment se déplacer sur ce plateau monolithique. Pouvoir sauter du passé au futur, comme on passe d'une côte à une pente. L'homme pourra aller et venir à sa guise dans toutes les époques. On peut donc dores et déjà envisager que c'est déjà fait depuis longtemps. Et c'est à ce moment-là que le sens de l'expression antique « Deus Ex Machina » prendra tout son sens. « Le Dieu sorti de la machine » comme disaient déjà les grecs et les romains il y a des milliers d'années. De qui parlaient-ils ?

Des Maîtres du Temps ?

Un vertige épouvantable me prend.

Je réalise que je suis déshydratée et affamée.

8 — Passeur de soi

Manger. Avant que d'être mangée.

Planète étrange, où tout et tous se nourrissent des autres. Il faut que je mange. Je ne suis pas le bourgeon que l'on avale. Je suis le bulbe qu'on épluche jusqu'au vide. Je suis vaine, je suis vide. J'ai soif. J'ai faim. Je crie à l'apex. Je crie au ciel. Je crie. Je hurle au sommet vide.

J'erre, hagarde à la cime. Ma vision se trouble. Je perds l'équilibre. Tombe à genoux. Les larmes aux yeux, tremblante, je crois percevoir un serpent rayé noir et blanc, se faufiler vers moi. Trop faible, je chute, je m'affale. Je m'écrase au sol, dernier bruit sourd que perçoivent mes tympans. Une douleur incisive, percutante. Un voile sombre passe sur mon panorama. Je m'éteins comme une chandelle vacillante. Je perds connaissance. Je pars. Fin de la pièce. Le rideau tombe. Les lumières s'éteignent.

Et voilà.
Le noir complet anesthésiant et vomitif.
Le vide.
Le néant.
Vertige des rebords que l'on ne calcule pas dans l'obscurité.
Pas de berge en vue.
Rien.

Du bruit.
Combien de temps plus tard ?
Je suis sortie de mes pommes par un craquement. Je suis allongée sur une paillasse de lianes tressées. Il fait jour. Un petit feu crépite dans ce qui semble être une minuscule cheminée. Une sorte de cabane entre des racines énormes. Encore des racines, décidément... J'en ai vu des similaires dans les jardins de l'hôtel. La petite jardinière aux Pipal femelles m'avait dit que c'était « l'arbre aux cheveux », l'arbre Banyan je crois. Oui c'est ça, Banyan, avec les cheveux dans les yeux. Mes yeux. Ma tête. J'ai un bandage autour de la tête. À côté de moi, une silhouette minuscule s'affaire avec des récipients de pierre et de bois. Elle se retourne. Une sorte d'homme dans un corps d'enfant avec une petite barbiche de quelques poils, des vêtements qu'il a dû tisser lui-même, une énorme tignasse faite de dreadlocks qui semblent être en bois ou en boue, une sorte de koltun. Et une ignoble odeur de soufre qui se dégage de ce gnome.

Il s'approche de moi.

— Vous voilà revenue à la vie. Après une morsure de serpent Bongare à la tempe. Vous avez de la chance que je vous ai entendue crier. Je suis arrivé à temps. Je vous ai trouvée au sol, le reptile encore près de vous. J'ai pu retirer le venin qui allait vous être fatal. Cette petite créature est parmi les plus venimeuses au monde. Vous deviez déjà être très faible avant même le baiser du serpent. Vous avez beaucoup dormi. Vous vous êtes réveillée sans vraiment être présente. Vous avez mangé un tout petit peu, puis vous vous êtes encore évanouie. Comme je vous avais trouvée. Pour les séquelles de la morsure, il vous restera une petite marque sur le côté du visage. Ce n'est pas anodin.

— Vous parlez ma langue ?

— Je parle beaucoup de langues. Et vous sentez mauvais.

C'est un comble, un gnome puant qui me dit que je sens mauvais...

— C'est charmant, vous savez parler aux femmes ! J'ai effectivement besoin de me laver après cette longue marche. Où sommes-nous ?

— Là où vous vouliez aller. Au sommet du volcan.

— Du volcan ? Comment ? Quel volcan ? Ce n'est pas une montagne ?

— Tout est une question de point de vue. D'en bas, c'est une montagne, d’ici, c'est un volcan.

— Vous vivez ici ? Sur un volcan ?

— Je vis dans le grand arbre Banyan au sommet du volcan.

— Je savais que c’était ça le nom de cet arbre. Banyan. Et qu'est-ce que vous faites ici ?

— J'allais vous poser la même question.

— Moi je suis venue gravir une montagne.

Il esquisse un petit sourire amusé.

— Vous êtes venue comme ça sans rien avec vous, pas même de nourriture ni d'eau ?

— J'ai été attirée ici. Quelque chose m'a dit de venir ici.

— Je m'appelle Makoto.

— Juliessa. J’ai encore mal à la tête.

— Et maintenant que vous avez franchi votre montagne, vous allez redescendre un volcan ?

— C'est un volcan éteint ?

— Éteint, ce serait une montagne.

— Oui d'accord.
Je sens que le gnome a beau parler plusieurs langues, les coutumes de la communication lui sont étrangères. C'est le genre de personne avec qui il est détestable de parler en sortant d'un coma ou d'un malaise.

Il me regarde avec un air malicieux.

— Qu'êtes-vous venue chercher ici ?

— Je ne sais pas. Il fallait que je vienne. Il fallait que je me retrouve seule avec moi-même. Il me fallait une épreuve de force.

— Avez-vous trouvé satisfaction ?

— Je ne sais pas. Pas encore je suppose. Mais vous ne m'avez pas répondu. Qu'est-ce que vous faîtes ici à vivre dans un arbre au sommet d'un volcan ?

— Je fais au moins une chose : je vous retire le venin du rampant. Je vais vous préparer à manger. Vous avez besoin de reprendre des forces. Après, je vous montrerai la rivière du volcan et vous pourrez vous laver. Vous sentez mauvais.

— Merci, vous l'avez déjà dit.

Une proposition que je ne suis pas en mesure de refuser. « Manger », me laver viendra après...

Makoto est spécial. Facétieux et mystérieux à la fois. À la croisée des chemins entre l'homme et la créature inconnue des humains. Hybride cultivé et polyglotte. Et agaçant aussi. Hybride, je ne devrais peut-être pas utiliser ce terme. Quand on pense à « hybris » la version grecque du viol, ça peut emmener loin l'imagination... Rencontre improbable au sommet d'un volcan. J'ai observé son habitat pendant qu'il s'affairait à sa cuisine. Tout est fait de tresses et d'entrelacs dans son logis, et même sur lui. Tout est tressé, entrelacé, mêlé. Tout tient tout. Tout soutient tout. Tout est lié et s'appuie sur l'ensemble, le précédent est le support du suivant qui est fait de l'avant.

J'en ai presque le vertige, tant cette macrocosmogonie est logique et bancale à la fois. Sa cabane elle-même s'inclut dans toute cette logique circulaire et cohérente, co-errante... Quel que soit le point de vue, il est impossible de savoir si les branches de son arbre poussent vers le sol, ou si ce sont les racines qui poussent vers les cieux. Elles sont un ensemble, le lien qui unit la terre et le ciel.

J’ai observé Makoto faire sa cuisine. Nettoyer ses ingrédients, les tailler au couteau, piler des aromates dans un immense mortier de granit. Il a préparé une sorte de bouillon, de soupe claire, à base de plantes et de racines, toujours des racines, l’origine de toutes choses. Ce déjeuner est comme du miel après l'abstinence. Nous dégustons son bouillon en silence. Comme un rituel ancestral. Un hommage à une divinité ou à des ancêtres immémoriaux. Le protocole séculaire de l’œsophage, la caresse du pharynx.

Ce qui m’interpelle immédiatement lorsque nous sortons de sa cabane, c’est qu’elle est intégrée dans les racines énormes d’un arbre dont toutes les branches sont tressées. Encore et toujours... Me voyant fascinée par ces entrelacs, Makoto m’explique que c’est lui-même qui a passé des décennies à tresser les branches. Il me parle de leur représentation de ce qui est éternel, cyclique, tout en étant le témoin de ce qui change et évolue. Le changement dans l’immuable. Le paradoxe des choses et des êtres.

Puis il m'emmène voir le volcan et sa rivière, à quelques centaines de mètres de sa cabane.

Quelques minutes plus tard, nous y sommes. Je ne m’attendais pas à cela. Il s’agit en fait d’une version miniature de ce que je me figurais. J’avais imaginé un volcan avec un immense cratère dans lequel nous aurions pu descendre. Mais j’ai droit à la version calibrée sur mon petit personnage. À son échelle. Il s’agit en fait de deux cavités dans le sol. Deux trous côte à côte, l'un laissant échapper de l'eau, l'autre un très fin filet de fumée.

Makoto pointe ses deux index vers les deux ouvertures, comme un chef d'orchestre sans baguette.

— L'eau et le feu. La voie humide et la voie sèche. Le seul endroit où les deux sources sont jumelles, c'est ici. La voie du milieu. Elles s'y battent depuis très longtemps, sans qu'aucune des deux n'ait pris le dessus. Probablement avez-vous vu l'eau descendre le long du flanc lorsque vous êtes montée ?

— Oui. C'est pour cela que je pensais gravir une montagne.

— Les apparences sont parfois trompeuses sur la réalité. Et parfois non. Ne vous hâtez jamais de vous prononcer sur ce que vous voyez. Attendez. Et vous saurez. Venez, je vais vous montrer l'autre côté.

Je le suis. Nous arrivons jusqu'au bord de l'autre côté du sommet. Une gigantesque cascade sort des rochers et se jette dans le vide. Trois jours pour monter. Quelques secondes pour redescendre en chute libre. Nous restons là longtemps à observer l'eau s'élancer à perte de vue tout en bas. Lorsque je suis montée, je n'ai vu qu'un petit cours d'eau qui filait le long de la montagne. Il cachait un torrent de l'autre côté. Qui crache son eau du ciel vers la terre comme pour la nourrir de son sang clair. Mes yeux fixent cette chute inlassable du jet bouillonnant dans le vide. Le volcan jette éperdument ses sanglots à la face du néant. Un fil brille au soleil devant moi. Sur les branches qui bordent le précipice, j'observe une petite araignée dans sa toile. Je m'assieds pour la regarder de plus près. Petite travailleuse infatigable qui tisse son domaine, sa maison au dessus du monde. Petit prédateur impitoyable qui tend son piège au dessus de l'onde. À travers les fils de sa toile, se dessine le torrent, comme prisonnier du royaume de l'insecte.

— Quelle fragilité surplombant un illusoire tunnel d'eau ! Me dit Makoto qui s'assied à mes côtés.

— Illusoire ?

— L'eau ne fait que tomber. Elle n'est pas réellement là. Elle est toujours en fuite. Et l'araignée crée un mur, lui aussi illusoire.

— Illusoire pour nous. Pas pour les insectes volants qui sont pris dedans.

— Oui c'est l'ambivalence de son travail. Elle crée un passage illusoire qui est en réalité un mur ou une porte pour une sortie illusoire. Ou pour une entrée certaine et définitive... Tout dépend de comment vous voulez voir les choses.

— Pas terrible tout ça...

— La nature est bien souvent cruelle. On a beau s'extasier devant certains prodiges végétaux, minéraux ou animaux. Ce qui régit tout ça reste la chaîne alimentaire ou tout au moins la loi du plus fort. Le plus faible est brisé, envahi ou dévoré. Mais pour appréhender ce qui est bien et beau, le laid et le mal sont nécessaires. Comment définir le beau sinon ? Il y a tout de même deux choses positives dans tout cet ensemble, c'est qu'à la hauteur à laquelle nous sommes, aucun insecte ne viendra jusqu'ici se prendre dans les filets de notre petite prédatrice pour se faire dévorer. La seconde, c'est que l'araignée, elle, ignorant probablement ce fait, essaie toujours de s'élever plus haut. Certains verront là de la stupidité ou de l'ignorance. D'autres appellent cela « persévérance », persévérer, percez et vous verrez. Si vous n'essayez pas, vous ne saurez pas.

Tout à coup, je repense à la phrase d'Ani :

Percevoir.
Percer pour voir.

En disant cela, Makoto a tourné la tête vers moi, et son index vers le ciel.
Je regarde son doigt, puis le ciel.

— Là ça va être compliqué pour elle d'aller plus haut que le sommet où nous sommes. Non ? lui dis-je.

— Comme vous dîtes. Le sommet où nous sommes. UN sommet... Pas « LE » sommet, en somme, mais...

Je vois venir l'espièglerie du gnome, alors je clos en jouant sur son terrain :

— Ca m'assommmmmmmmeeee...

Makoto éclate d'un rire limpide comme le cristal. Un rire franc et rassurant. Le rire de l'ami. Du frère. Du père. Un rire honnête. Le rire des liens du sang. Et pourtant je ne sais rien de lui. Rien d'autre que son prénom. Et ça me suffit. Ce qui se dégage à son contact fait oublier que c'est un inconnu qui vit seul en haut d'une montagne ou d'un volcan. Mais de toute façon, on a déjà vu des gens que l'on croyait connaître depuis longtemps, tomber le masque. Alors connu ou inconnu, tout est du même tonneau...

Makoto m'invite à me laver un peu en contrebas, sur un plateau près de la sortie de la source. J'y descends précautioneusement, puis me déshabille et attrape l'eau au vol à sa sortie. Si l'eau est plutôt chaude, la claque est vive avec le débit. Mais le décrassage nécessaire de mon corps et de mes vêtements est en cours. Je prends mon temps comme une enfant dans un bain chaud. La sensation la plus notable ici, est l'absence de peur. Pas seulement chez moi, mais surtout chez Makoto. Sa perception du monde qui l'entoure, ou plutôt qu'il domine, semble faire l'impasse totale sur les mauvais sentiments. Ne gardant que la pureté d'intention. La clarté de conscience. La loyauté des actes. La propreté du verbe. Et cette sensation est contagieuse. Il la propage autour de lui comme une aura enveloppante aux alentours. À croire qu'il n'a connu que cet endroit... Ou bien peut-être est-ce l'élévation de son lieu de vie qui a laissé toute la crasse intellectuelle en bas...

L'araignée est-ce lui, et moi la mouche ? Ou bien l'inverse ?

Je garde à l'esprit sa façon de tout tisser, l'araignée, c'est lui. La toile, c'est moi.
Il n'y a pas de mouche.

Quand le soleil commence à décliner dans la vallée, son reflet éclate sur le fleuve tout en bas et nous revient dans les yeux. Panorama splendide et flamboyant. Giclées d'or au visage et dans l'esprit. Je sens que ma forge à souvenirs chauffe et bout, elle crâche des étincelles en ciselant les tiroirs de ma mémoire.

Je sais que demain je n'oublierai jamais aujourd'hui. Maintenant. Je perçois l'indicible importance de l'instant. Ce moment que tu sais être essentiel et furtif à la fois. Tu sais qu'il faut que tu le savoures et que tu t'en souviennes à tout jamais. Mais tu dois aussi tout oublier pour le goûter et l'apprécier à sa juste valeur. Toute l'ambivalence de l'instant est dans cette goutte de paradoxe :

Oublie tout et souviens-toi !

Aux dernières lueurs du soleil couchant, mes vêtements sont déjà secs, nous retournons à sa cabane. Makoto y prépare un mélange de plantes dans son mortier de granit. Assis au sol sur un tapis de feuilles tressées, nous nous faisons face. Makoto sort d'une boîte une sorte de petite pipe, de calumet miniature. De sa mixture broyée au fond de son mortier, il en extrait une portion qu'il roule dans la paume de sa petite main. Tenant sa pipe devant lui, Il y loge une boulette de sa préparation. Se lève et va à sa minuscule cheminée, allume son calumet, puis revient s'asseoir face à moi.

Il me regarde tout en tirant de profondes bouffées. Il laisse enfin échapper son souffle mystique en une large nuée cotonneuse qui emplit la cabane. Les vapeurs de son exhalaison de dragon pénètrent mes poumons. Je sens que toutes les fibres de mon corps deviennent poreuses et laissent entrer le poison comme une demeure ouverte à tous vents. Je suis la passoire à stupéfiant. L'éponge à psychotropes. J'ouvre les bras au toxique. Il fait ensuite chauffer de l'eau dans la petite casserole où il avait préparé notre bouillon. Quand l'eau bout, il y jette une autre boulette de sa confection et la laisse infuser. Il filtre sa potion. Puis me sert de son breuvage dans un petit bol en bois. Toujours assise, je bois.

Là où n'importe quelle personne sensée aurait refusé de goûter une décoction préparée par un gnome inconnu au sommet d'un volcan, dans une cabane tressée. Pour moi, cela semble tout à fait naturel et cohérent. Et comme j'ai été attirée ici, peut-être que c'est dans l'ordre des choses. Et je me dis que je n'ai pas à m'inquiéter, que tout va bien se passer, et que de toutes les façons, ce qui doit arriver, arrive, et ce qui ne doit pas arriver, n'arrive pas.

Je sais ce qui m'attend. Je sais que Makoto est très certainement une sorte de chamane. Il est même trop folklorique pour être vrai. J'imagine presque que tout cela n'est qu'une mise en scène. Une pièce de théâtre. Les costumes, les décors, tout est trop marqué. Tout est trop exagéré. Trop de signes, de signaux, d'indices. Jusqu'à ses cheveux tressés qui ressemblent à du bois. Comme une scène de crime sur laquelle on aurait laissé une orgie de preuves et d'empreintes. Comme pour nous mener par le bout du nez, sur une fausse route déjà tracée de manière trop ostentatoire. Pour nous perdre volontairement. Un chemin d'opéra. Une voie d'opérette.

Je bois lentement. C'est très chaud. À petites gorgées. Mon bol vide, je le pose au sol devant moi. Je suis toujours fixée sur la voie d'opéra, le chemin d'opérette. Makoto a posé son calumet. Assis en tailleur, nous nous regardons toujours. J'observe son visage. Il me fait penser à une statuette chinoise faite d'ivoire. Avec son casque de cheveux à la sâdhu, symbole de son incurie pour l'apparence. Il semble dire : « Je suis tel que je suis. Peu m'importe le reste et les autres. Ton avis ne compte pas pour moi. Je suis le gnome du volcan. » La créature scindée dans les racines. Ces racines qui se servent de leurs branches comme tuteurs pour devenir elles-même branches et tuteurs à la fois.

Tout comme la transmission du savoir, de la connaissance, « co-naissance », celui qui « naît avec ». « Lorsque l'élève est prêt, le Maître apparaît ». L'élève qui prend le Maître comme tuteur, pour lui-même, apprenti sage à la fin de son apprentissage, devenir Maître et tuteur pour l'élève suivant. Un art qui ne se transmet pas est un art qui meurt. Comme n'importe quelle connaissance. Et cette transmission est symbolisée dans la notion de tuteur par le bâton. La ligne qui part de la terre en direction du ciel, qui élève. Le lien qui montre le chemin vers là-haut. La gradation, l'élévation, l'escalier, peu importe le nom qu'on lui donne. Toujours plus haut quoi qu'il en soit, quoi qu'il en coûte.

J'observe toujours Makoto, sans me rendre compte du glissement de ce que je suis, à la perte de notion de mon individualité, de mon Moi. Je suis l'autre et il est moi. Je suis le mandarin du sommet désert. Du somme et des airs. Je suis le dignitaire solitaire en haut de la montagne. Je suis le petit personnage précieux, près des cieux. Je suis l'araignée qui tisse une toile inutile. Toi, l'inutile. Je suis la petite tâche au fond de toi. Je suis l'abîme qui te creuse. Je suis la musique incessante qui te triture et t'abîme. Je suis ton rythme et ton vacarme. Tes creux et tes silences. Ta vérité et tes mensonges. Je suis la rumeur aux oreilles. Je suis le couloir et le bruit. Je suis ton miroir.

Makoto s'estompe, devient flou.
J'ai oublié où j'en étais.

Je suis sur l'eau.
On avance.
Qui ça « On » ?
Je ne le sais pas encore.
Juste une impression.
Un sentiment.
Une éclipse.
Impossible de dire si c'est le soleil ou bien la lune.
La nuit en plein jour.
Le soleil de minuit.
Un doute.
Le doute devant la clarté.
La lumière de la conscience.
Une certitude.
Des vagues.
De l'écume.

Je suis à bord du « Majestyx » le bateau qui m'a fait traverser.
Ce laps de temps que j'avais oublié, endormie dans le taxi.

J'y suis. Je me souviens.
Je le revis comme le présent.
Maintenant.

Je suis sur le pont, au niveau de l'entrée de la passerelle. À quelques mètres de moi, se tient le Capitaine « Rancho », c'est comme ça qu'il m'a dit qu'il s'appelait. Il est là, debout, droit, les mains sur la barre. Il est âgé, c'est du moins ce que dit sa barbe blanche et ses longs cheveux de neige au vent. Il porte une veste marine à la mode ancienne. Très ancienne. Façon corsaire. Brodée d'or, de feuillage baroque ou corinthien. Une redingote aussi ancienne que sa peau burinée par le soleil, le sel et le vent. Témoin des âges et des vagues du temps, il est le Transporteur. Il est celui qui fait traverser. Le pilote du passage. Le passeur. Le Capitaine du vaisseau qui ne coule pas. Culpa. Culpabilité. Ma faute. Mes fautes. Mes péchés. Il est celui qui me sépare. Le bâtard des Enfers qui m'envoie d'une rive à l'autre. Il est l'annonceur de ma transgression. L'aboyeur de ma sanction. Le sonneur de ma punition.

Je ressens ce voyage comme un exil. Je me coupe du monde et de mes actes passés. C'est le marteau de mon jugement. La lame de mon besoin de réparation. Le bras vengeur qui invite à ma coupure. J'essuie les larmes de ma honte qui coulent sur ma joue. J'essaie de donner l'impression que c'est l'écume qui m'éclabousse, mais je sais que Rancho n'est pas dupe. Il en a vu d'autres ce fumier de la flotte. J'ai ce sentiment effroyable d'être deux : celle qui commet et celle qui juge. Schizophrène par lâcheté, je devance le regard des autres. L'imbécilité qui s'aggripe à notre culture nous fait accroire que faute avouée est à moitié pardonnée. La facilité des menteurs. La douce caresse de la mauvaise foi. La sucrerie des faibles qui ont toujours eu besoin de masquer leurs défaillances, par orgueil déplacé. Par fierté non méritée. Voleuse invétérée, je me dérobe comme toujours...

Dans cet état modifié de conscience, j'ai l'impression à la fois de revivre ce moment de la traversée en bateau et dans le même temps, de construire ce souvenir dans l'instant. Actrice et public à la fois. Giflée par les vagues, je suis aussi celle qui applaudit à la chute de la coupable. La tectonique des claques. Abstraction totale de la notion de temps passé et présent. Chronos n'existe plus, n'existe pas. Je suis à l'orée de moi-même, j'appartiens à la rive et à l'eau. Je suis le vulgaire et le sacré. Dans un coin de mon espace, Makoto reste là, figé et ondulant comme un roseau dans la plaine ou un serpent qui se traîne. Et je file au vent sur les vagues, emportée par le Capitaine blanc comme neige.

Bouleversante expérience mystique de moi-même et du désir de devenir, je suis la réponse dans la question. Je ressens l'éternité sans le temps. Je caresse le cognitif dans les cheveux du néant. Balbutiement de moi-même, je me rêve phrase et mot, je suis la voix du silence. Et sur les vagues, j'avance. La traversée me chuchote mon destin. La grande putain liquide me porte vers mon miroir. Et je file, je me faufile, je me défile sur l'écume grondante. Interminable et sans repère de temps, cette traversée m'emplit, manège hypnotique en aller-simple, elle me dit que rien ne sera plus jamais pareil. Elle me dit que jamais et toujours n'existent pas. Elle me parle de demain. Elle me ment. Je lui dis que je ne crains pas mon jugement. Elle me dit que je mens. Je sais que je mens. Je suis la salope en route pour l'échafaud, qui tente de soudoyer son bourreau.

Trop tard. Le bateau est à quai. Je tangue encore pourtant. Le Capitaine me dit que le prix du passage sera un baiser. Je n'ai pas le temps de payer, il me l'a déjà volé.

Je reviens doucement dans la cabane de Makoto, je décrypte mon destin, les joues encore mouillées.

Avec des traces dans mon âme, et de l'écume aux lèvres.

9 — Au seuil de nous-mêmes

Nous restons là, assis, immobiles et silencieux pendant encore très longtemps. Impossible de déterminer combien de temps. Comme une sortie d'anésthésie en salle de réveil, le temps n'est pas chiffrable ni même envisageable. Quoi qu'il en soit, il est futile en cet instant.

Makoto parlera le premier. Je resterai là à l'écouter.

Makoto dit que chaque vie nous semble brève, mais que nous sommes dans l'illusion, une erreur de perception. Que nous envisageons ce processus comme étant fini avec la mort, mais que nous n'en voyons qu'une parcelle. Et si la vie n'était pas la vraie question, si ce n'était qu'une infime partie du tout, de tout ce qui est possible et envisageable ?
Si la vie en elle-même était, non pas fondée sur les trois axes que nous connaissons, à savoir, la naissance, l'existence et la mort, mais qu'elle n'était qu'une minuscule perle parmi une infinité de particules empilées sur un collier à l'échelle cosmique ?

Il faut imaginer ce collier cosmique regroupant toutes sortes de possibilités d'existences, pas seulement celle que nous connaissons et pouvons percevoir avec nos cinq sens et notre logique, pas seulement cette existence corporelle. Sans envisager non plus ce collier comme des vies antérieures ou postérieures, car nos repères restent nos barrières dans cette appréhension, mais simplement en envisageant la vie telle que nous la connaissons, en comprenant toutes les vies de nos ancêtres, plus celles futures de nos descendants ad vitam eternam comme un état possible "d'être" infinitésimal sur ce collier. Toutes les vies possibles ne seraient encore qu'une seule perle, les autres perles que l'on peut envisager s'étalant à la file à l'infini, représenteraient toutes les autres possibilités "d'être ou de non êtres", représenteraient ce que notre esprit ne peut même pas envisager parce que limité à ce que nous pouvons seulement comprendre ou nous représenter. Des états de perception autres, où nos cinq sens ne voudraient plus rien dire, ne seraient même pas utiles.

L'être humain a le handicap d'avoir les deux yeux du même côté de la tête et c'est ce qui lui fait toujours tout diviser en supposant que chaque chose a son contraire. Le côté pile a sa face. Makoto dit que tout est lié en réalité. Rien n'a son contraire, les choses sont un tout indémêlable, indissociable. Il faut enlever la buée sur le miroir pour réunir l'être et son reflet. Notre vie est un sommeil tant que nous ne nous réveillons pas.

La cuisine de Makoto se digère indéfiniment. À aucun moment je ne me suis posé la question de savoir si c'était raisonnable ou non. C'était simplement une évidence. Un enchaînement limpide. J'aurais même été étonnée s'il n'avait entrepris ce type de préparation. La cuisine des hauteurs. Le laboratoire du ciel. Je passe d'un coma à un autre coma.

Nous sommes sortis. Nous avons marché un peu. Nous avons atterri.

Je reste assise au bord du volcan à l'écouter parler. Je regarde le collier d'argent qu'il porte autour du cou. Un argent lumineux, pur, net. Comme lui.

Les nuages filent dans le ciel comme des chevaux dans la plaine, emportés par le vent.

Je sens la brise dans mes cheveux, elle délie mon esprit. Elle dénoue les lianes qui emprisonnent et protègent à la fois la petite clairière qui est en moi. Ce lieu tenu secret au milieu de ma végétation. Mon parc à mystères.

Je regarde Makoto qui me parle. Mon esprit reçoit ses paroles avec un léger décalage. Comme les éclats d'un feu d'artifice que l'on entend quelques instants après avoir vu les gerbes de lumières. Cela ne me gêne pas. Mon cerveau semble accoutumé à ce différé. Peut-être même que cela lui permet de mieux appréhender et stocker les informations avant de réellement me les délivrer. Comme une antichambre de la connaissance intuitive du cosmos, de l'absolu, du tout, de l'ensemble, du cercle. Du dehors et du dedans. Du noyau et de sa circonférence.

— Illusion et réalité sont un même chemin, une seule route, Juliessa.

Makoto me dit que je dois retirer la buée de mon miroir pour être moi-même. Je dois voir plus loin que la lumière. Ce que je crois être un dilemme ou un partage de moi-même n'est en fait qu'un tout. Moi.

— Tu deviens ce que tu bois et tu es ce que tu manges. Tu es le reste des choses, et le reste des choses est toi.

Je remarque qu'il s'est mis à me tutoyer.

— De la même manière, tu deviens ce que tu respires. Tu deviens l'air. Tu deviens tout ce qui t'entoure. Si tu prends le temps de réfléchir à cela, tu finis par englober le tout et t'englober dedans. Tu ne deviens plus. Tu as toujours été. Tu es dans chaque chose, et chaque chose est en toi.

Tu dois détruire ce que tu penses être ta singularité. Ce petit ego qui te mène en bateau en te faisant coire que tu es unique ou que ta personnalité sort du lot. Tu n'es pas unique. Personne ne l'est. Ce ne sont que des signes de peur. La peur de disparaître. La phobie de l'absence, de la disparition, de n'être plus là, de n'être plus rien. La hantise de ne pas laisser la moindre trace de notre passage ici-bas. La crainte de ne rien graver dans l'éternité ou d'être oublié. L'angoisse de comprendre et d'admettre que l'on n'est pas plus indispensable que n'importe quel insecte dans l'incommensurable immensité du vivant.

Cette peur vient des extrémités de notre corps. Notre tête, nos mains et nos pieds sont les bornes de notre être. Elles sont finies. Elles ne sont pas rattachées au sol comme les racines de l'arbre. Elles nous disent que nous sommes uniques, dissociés du reste. Indépendants, libres de nos choix. Mais c'est faux. Elles nous font penser que notre destin est différent de celui des autres. Nos yeux voient ce que nous voulons voir. Deux individus assis côte à côte ne voient pas la même chose, même s'ils regardent la même chose. Parce que l'ego de chacun va influencer l'analyse de la vision. Son moi va interférer et fausser le jugement du témoin. Je vois tel que je suis, et non telles que les choses sont.

Lorsque tu auras dépassé cette barrière de toi-même qui t'empêche de voir et comprendre le tout, tu auras quitté ton enveloppe, ton fardeau, et tu rejoindras la masse, l'ensemble, le tout, l'unité. Tu auras fait le tour de la chose pour en comprendre chaque aspect. Le tour de toi-même et du reste.
Sonde la partie la plus sombre qui est en toi. De là, de cette partie la plus obscure, tu apercevras la lumière. Tout comme la note de musique ne peut exister que si le silence existe. Ta lumière ne sortira que de ton obscurité.

Makoto me paraît de plus en plus bavard. Il parle de plus en plus, laissant de moins en moins de silences, et bientôt plus du tout de ponctuation dans sa syntaxe. Il n'est plus que verbes et noms. Il est le flot de mots. Il est le matériel, le spirituel et le divin. Il est la langue et le sens. Il est le passé, le présent et l'avenir. Il est la surface plane qui contient tout. Il est le plein qui me vide.

Je le regarde gesticuler avec ses lèvres et sa langue, petite créature épileptique qui me donne des leçons de vie. Qui me dit comment faire. Qui me dit que penser. Je déteste la petite bestiole qu'il est à cet instant, même s'il me dit que le temps n'existe pas réellement. J'ai la langue pâteuse par sa faute. Les gencives lourdes. Les dents épaisses. Lui et ses décoctions à la con.

Je m'aperçois que je le déteste. Je crois qu'il le sait. Je crois qu'il le fait exprès. Que tout cela était préparé, fomenté d'avance. Plus je le regarde, et plus je sais qu'il sait.

— Posséder le diamant n'est rien. La cupidité naît de l'egotisme. Tu dois te passer de toi-même. Ne pas désirer le diamant. Tu dois « être » le diamant.

Je n'ai pas rêvé, il vient de me parler de diamant. Évidemment, j'entends et je survole ce que je veux bien. Il ne m'a pas parlé d'égo. Je ne pense pas, non... Enfin je crois que si...

— Pourquoi me parlez-vous de ça ? Je parle enfin. La mâchoire encore engourdie.

— Tu recherches la lumière sans savoir que tu recherches la lumière. Tu dois simplement laisser passer la clarté, pas la posséder. Ne cherche pas à attraper la lumière, laisse-la simplement passer. Redresse les fibres de ton âme et les parois de ton ego, et la lumière passera dans cette rectitude.

Son flot de paroles s'est tari comme le vent après la tempête. Son propos n'est plus qu'une brise. J'aime son regard. Je ne le déteste pas. Il a bouleversé en quelques instants les pilotis de mes édifices intérieurs. Il a noyé ma prétention. Étouffé mon orgueil. Il a ouvert une voie en moi. Pas une brèche. Une voie. Il ne m'a pas poussée vers elle. Il l'a ouverte. Sans rien faire. Avec quelques plantes et quelques mots. Le botaniste du verbe. L'alchimiste de la syntaxe. Le chamane du terme. Foutu gnome !

Des heures passées assis tous les deux au bord du volcan et de la cascade, je n'ai vu que quelques instants défiler. Il fait nuit à présent. La voûte est constellée d'étoiles. Mes yeux parcourent cet océan de boutons lumineux.

Makoto me dit que je dois naviguer seule à présent.

Il se lève, puis sans un mot supplémentaire, il retourne à sa cabane et remonte sur son échelle pour dormir en haut de ses racines.

Je reste là assise. Perdue au milieu des étoiles, au son de la cascade parfumée de soufre.

Je me mens à moi-même depuis des années. Je participe à une course folle qui n'a pas d'objet. Je suis l'aller-simple pour nulle part. Je suis le feu d'artifice sans témoin. Je suis la denture sans mâchoire. Le désir sans envie.

Stupide idiote voleuse.

Je suis le tonneau percé qui rêve de plein. En vain.

Anéantie et heureuse à la fois, je me lève un peu bancale, puis retourne à la cabane, retrouve ma paillasse de lianes tressées des premières heures.

Je me couche.
Je suis en sommeil.
Je rêve.

Je rêve que je suis au sommet d'un arbre, debout sur une très fine branche, tellement fine, que je ne comprends pas comment elle peut soutenir mon poids. Devant moi une corde est tendue entre l'arbre sur lequel je me tiens et un arbre similaire en face, à quelques dizaines de mètres. Je ne suis pas funambule. Je n'ai jamais marché sur une corde.

Soudain, des créatures grimpent le long de mon arbre pour s'approcher de moi, elles ont des grosses aiguilles à la main. Je sais qu'elles veulent me piquer. Je m'aperçois avec horreur que ces créatures ont mon apparence, ma tête, mon visage. Elles sont moi, et me veulent du mal. Je n'ai pas le choix, il faut que je traverse sur le fil, pour les fuir, me sauver, j'avance. Les créatures continuent de monter dans ma direction, le long du tronc. Et moi, j'ai commencé à marcher sur mon fil. J'ai la sensation qu'il suffit que je me concentre pour y arriver. Si j'y pense très fort, je reste en équilibre, et j'avance sans tomber. Si je pense être funambule, alors je le suis. Je ne veux pas que mes Moi me rattrapent, alors j'avance plus vite. Je sais qu'il ne faut pas que je tombe. Je sais que le chemin est difficile. Que la voie est étroite et risquée, mais je dois y arriver, il le faut, je le veux. Soudain, je vois que mon fil sous mes pieds est en train de casser. J'ai une aiguille dans la main. Je ne sais pas d'où elle vient. Je sais qu'il faut que je recouse mon fil, je dois racommoder mon chemin. Réparer ma corde de sortie pour ne pas tomber. Je m'accroupis en équilibre et je recouds mon fil. Je le répare. Je réunis les deux parties qui étaient sur le point de rompre, de se séparer. Je me relève en équilibre, attentive à ma stabilité, puis je reprends mes petits pas vers l'autre rive, vers l'arbre au bout de la corde.

J'y suis presque, je ne dois pas me retourner, sinon je sais que je vais tomber. J'y suis presque, plus que quelques pas, je dois rester droite sur mon fil. Je sais que je ne suis plus très loin, je vais y arriver. Un dernier pas et je peux aggriper ma nouvelle branche sur mon arbre de survie. Ça y est j'y suis, j'ai réussi. Je suis sur mon arbre salvateur.

La chaleur de la satisfaction m’envahit. Je me retourne vers l’arbre que j’ai quitté. Et je vois mes Moi qui sont restés sur l’arbre d’en face. Le bas de leur corps est une énorme ancre de métal rouillé qui les empêche d’avancer. Elles restent figées sur les branches sans pouvoir m’atteindre pour me piquer. Devant moi, accrochée au fil, j’aperçois l’alliance dont j’avais déjà rêvé, je la détache. L’inscription gravée à l’intérieur de l’anneau est mouvante, l’Oracle va de nouveau parler. Les lettres se déplacent et s’interchangent.
Le mot « RECONSTRUIRE » devient
« RESURRECTION ».

Le lendemain matin, aux premières lueurs de l'aube, Makoto me réveille parce qu’il me dit qu’il est temps pour moi de reprendre ma route. Il me raccompagne au bord du volcan sur un versant différent de mon arrivée. Le chemin descend en pente plus douce. Il me dit que je n'ai qu'à suivre le chemin pour rentrer chez moi. Je me baisse vers lui. Il me prend dans ses bras et me chuchotte à l'oreille :

— Tu es ce que tu veux être. Tu es Julie et Ça...

Puis il baisse doucement ses paupières. Je me relève et commence à descendre le long du chemin. Un peu plus loin, je me retourne. Mais il n’est plus là, Makoto s'en est allé.

Je poursuis ma descente.

10 — Cent Neuf

En quelques heures, je suis redescendue jusqu'aux pieds du monstre de roches et de lianes. J'ai gravi une montagne en trois jours, puis descendu un volcan aujourd'hui. Une véritable escroquerie comme rite de passage... Je retrouve le chemin de l'hôtel Aspaklaria. Pourtant, quelque chose me semble changé. Comme une saveur familière oubliée sur une langue nouvelle. J'avance à pas lents sur le tapis de poussière qui me conduit à mon point d'origine. Je suis docilement mon ombre pas à pas, qui d'un fil invisible me ramène au départ. Funambule sans corde, je progresse sur mon retour.

Arrivée dans le Grand Hall, j'aperçois mon trio Colomba. Almandine et Rebis se jettent dans mes bras poussiéreux comme si j'étais leur mère des sables, momie antique sortie des âges. Ani s'approche de moi en souriant. Elle me serre contre elle sans crainte de se salir. Le miroir du Hall nous renvoie à nous-mêmes, tous les quatre enlacés tel un trèfle de fortune avec une feuille abîmée. La foliole déglinguée.

Je remarque sur ma tempe gauche, comme un grain de beauté. Vestige de la morsure du serpent au sommet du volcan. J'éprouve un sentiment trop grand pour moi, qui m'englobe, me noie, me broie. Une vague de bonheur qui me balaie comme une noix, frêle esquif sur une mer jouissive.

La mer m'enveloppe de son amour chaud et immense. Je fusionne avec elle. Je suis la mer. Elle est la mère. Nous sommes la même.

Ani me demande de changer de chambre et d'en prendre une à côté de la leur. Pour être encore plus proche. Les enfants en ont besoin. Elle en a besoin.

Je rejoins le Sud-Est de l'hôtel. Je prends la chambre 109.

Le flot de perles cristallines de ma douche nettoie mon corps en fin d'après-midi. Je suis seule avec moi-même sous cette cascade intime. Purification de la créature revenue du volcan. Je me pare d'une de mes plus belles robes pour fêter mon retour d'expédition. Avant le dîner, un spectacle de prestidigitation. Un acrobate de l'illusion va nous mener par le bout du nez et nous faire croire. Arrivée à table, Ani me confie :

— Pendant ton absence, tu sais qu'ils ont découvert qui empoisonnait les gens dans l'hôtel ?

— Qui était-ce ?

— Le petit Maître d'hôtel.

— Séraphin SOMMEIL ?

— Le petit Maître d'hôtel Seraph TIDUR, enfin,...Oui, c'est ça. Séraphin SOMMEIL !!! Il en a distribué du sommeil avant d'être démasqué. Monsieur GARDAVU est venu nous faire une sorte de conférence de presse dans le Grand Hall. Il était tout fier de nous expliquer que durant son enquête, il avait fait le rapprochement entre le champignon utilisé nommé « Pantherina » et les allusions quotidiennes de SOMMEIL auprès du personnel de l'hôtel au sujet d'un certain « Siluman Manusia Harimau » Un « homme-tigre » qui viendrait assassiner tout le monde ici.

En perquisitionnant dans sa chambre, GARDAVU a découvert tout une réserve de ce champignon vénéneux. Confronté à ces preuves accablantes, le petit Maître d'hôtel a avoué. Il s'est revendiqué comme le bras vengeur des tigres massacrés...

Tout en disant cela, ses sourcils esquissent une petite danse moqueuse. Je reste médusée par le fait qu'elle ait parfaitement retenu tous ces noms, « Seraph TIDUR », «Séraphin SOMMEIL », et surtout « Siluman Manusia Harimau »...

Une scène est installée dans la salle à manger. Au début du dîner, le prestidigitateur monte sur scène, et sans un mot, fait apparaître des fleurs et des oiseaux sortis de nulle part. Le regard ébloui des jumeaux n'a pas de prix. Le prestidigitateur porte un bandeau noir sur l'œil. Son œil valide se porte sur Rebis. Il lui demande de le rejoindre sur la scène. Rebis interroge sa mère du regard. Ani acquiesse d'un hochement de tête. Rebis court rejoindre l'homme au bandeau noir. Silence dans la salle. Les lumières se tamisent.

Le prestidigitateur fait apparaître un immense rideau de feu devant Rebis inquiet. Il lui dit qu'il va devoir traverser l'au-delà, puis qu'il ressuscitera du monde des morts. La rhétorique ne plaît pas plus que cela à Rebis. Le prestidigitateur lui dit qu'il ne doit pas avoir peur. Rebis échange un regard avec sa mère. Puis avec sa sœur. C'est ce qui le décide. Il est le garçon.
Prenant un long souffle, il avance dans le rideau de feu, le traverse et disparaît totalement. La salle pousse un profond cri de stupeur. D'un geste large, le prestidigitateur éteint le rideau de feu qui se disperse en petites flammèches telles de minuscules comètes. Son œil fait le tour de l'assistance toujours stupéfaite. Il tire alors un grand foulard noir de sa veste de satin, et l'étend sur le sol. Puis prenant son centre du pouce et de l'index, l'élève doucement. Laissant apparaître les chaussures, puis bientôt les jambes, et enfin Rebis tout entier, debout, les yeux étonnés. La foule exulte. Un tonnerre d'applaudissements.

Le magicien regarde Rebis et se met alors à parler. Lui remettant une baguette de bois noir, il lui dit qu'il est à présent un initié. Rebis va pouvoir garder cette baguette magique, elle lui appartient désormais. Mais le magicien le prévient :

— Cette baguette a le pouvoir de changer l'apparence des choses. Tu ne pourras t'en servir qu'une seule fois, ensuite elle perdra son pouvoir.

Rebis a les pupilles qui brillent comme des diamants. Il nous rejoint à table les yeux fixés sur l'objet de son nouveau pouvoir.

Sa mère le regarde et lui demande :

— Où étais-tu passé en traversant le feu ?

— Je n'ai pas bougé de là, j'étais sur la scène et je vous regardais.

Perplexe et un peu embarrassée de la réponse, Ani se tourne vers moi et me dit :

— Ce soir, je vais te faire goûter un breuvage qui lui aussi est magique. Appelant le sommelier, elle lui murmure à l'oreille. Le sommelier opine du chef à plusieurs reprises puis tourne les talons et s'en va. Il revient quelques longues minutes plus tard, portant précautionneusement du bout des doigts une bouteille de vin enroulée d'un foulard noir qui en masque l'étiquette. Il la débouche très doucement devant nous, puis propose à Ani de le goûter.

— Non, c'est elle qui va le goûter ce soir. Lâche-t-elle en me montrant du menton.

Le sommelier m'en verse un peu et attend. Je lève le verre et observe le breuvage en question se balançer doucement au fond du cristal, tel une vague en haute mer. Je le porte à mes sens olfactifs qui se figent soudain comme emportés dans un vieux rêve, une réminiscence du passé ou un souvenir que je n'ai jamais vécu. Au contact de mes lèvres, le vin m'embrasse langoureusement, comme un prince une belle endormie depuis cent ans. Le nectar dans ma bouche exhale son humeur, me remplit de bonheur. Je ferme les yeux pour mieux être pénétrée par ce nouvel amant de ma langue. Les papilles en émoi, j'ouvre mes yeux embués. Ani me regarde, elle aussi les yeux un peu voilés, tout en se passant délicatement le bout des doigts sur les lèvres, sa bouche laissant entrevoir la nacre de sa magnifique denture. Nous restons là un long moment les yeux comme reliés par un fil invisible.

Le sommelier très patient finit tout de même par proposer de nous servir le vin s'il nous convient.

D'un hochement de tête, je lui donne mon accord. Il nous sert le vin puis s'en va sans un bruit. Commence alors un long ballet de nos regards, Ani et moi. Les enfants sont toujours là près de nous, mais comme absents de notre chorégraphie optique. Juste nous deux. Rien que nous deux. Et la bouteille masquée.

Almandine et Rebis demandent la permission de sortir de table pour aller jouer devant les miroirs. Ani acquiesce. Ils filent en galopant. Ani sent alors qu'elle peut parler tranquillement. Se livrer un peu davantage à moi. Elle me parle de son mari, Mercure, un architecte portant le nom d'un Dieu. Elle me confie tout l'amour qu'elle a pour lui. Leur complicité. L'admiration réciproque. Le soutien commun. L'émulation vers le plus haut. Le culte de l'excellence.

— Quelle sorte d'accident a-t-il eu ? Dis-je timidement.

— Pour fêter une récompense que j'ai reçue dans le monde du vin, mon mari a voulu sabrer le champagne. La bouteille lui a explosé au visage. Il a perdu l'usage de ses deux yeux en un instant.

Je la regarde stupéfaite.
Elle poursuit.

— L'ironie de la vie dans toute sa splendeur vénéneuse. Sa fierté pour moi l'a aveuglé. Et moi, en visant toujours plus haut, j'ai fini par le détruire. Sans le vouloir, mais je l'ai détruit. J'ai détruit tous ses projets de constructions qui étaient en cours, dont un qui lui tenait particulièrement à cœur, un chef-d'œuvre d'architecture. Un bijou de pierre. Tout a volé en éclats, en lambeaux, tout s'est arrêté... à cause de moi. Depuis quatre ans, sans être très loin, il vit à l'écart de nous. Almandine et Rebis ne se souviennent même pas de lui de manière précise. Juste des bribes. Une image floue.

— Et toi, tu n'as pas cherché à le revoir ?

— Il fait partie de ces hommes qu'on ne dompte pas. Il estime ne plus pouvoir être la figure paternelle. Du moins pour le moment. Un moment qui s'étire... Pour lui, un guide a des yeux. Un père aveugle n'est pas une figure paternelle, mais seulement un fardeau. Alors, il a préféré sortir du cercle de la famille, de notre vie, du souvenir des enfants. C'est une grande douleur, mais je respecte son choix. Je ne peux de toute manière pas faire autrement. Comme je te l'ai dit, c'est un fauve, un vrai, un indomptable. Une de ces âmes que l'on ne commande pas, et surtout, qu'on ne peut jamais réellement connaître ni comprendre complètement.

— N'a-t-il pas pensé qu'Almandine et Rebis avaient besoin de lui à leurs côtés ?

— Il s'est fait tatouer leur prénom sur son cœur, puis avec son encre et sa douleur, s'est mis à l'écart.

Nous restons toutes les deux à nous regarder, partageant ce déchirement.

Puis elle reprend :

— J'ai toujours été interloquée par ce travail sur la mémoire qu'opére le concept de tatouage. Marquer son corps, à la fois pour le faire parler aux autres mais aussi pour entendre sa voix nous-mêmes. Résister au temps qui passe. Affronter la détresse du vieillissement, puis de la disparition. Batailler en laissant des traces. Crier au ciel infini avec un petit corps mortel encré. Ce n'est pas notre peau qui porte un tatouage, c'est davantage le tatouage qui nous porte, qui raconte notre histoire, qui parle de nous et qui nous parle. L'acte de décider de modifier nous-mêmes notre corps, d'avoir l'ascendant sur le destin de ce que nous sommes en temps qu'enveloppe corporelle, sarcophage charnel, choisir le flacon dont nous sommes le parfum, avant que nos envies n'aient les cheveux gris, avant que ce ne soit le temps qui s'en charge jusqu'à la poussière...

Matière
Organique qui
Retourne à la
Terre

Plus tard dans la soirée, encore portées par le nectar des dieux à l'étiquette mystérieuse, nous dansons toutes les deux dans le jardin de l'hôtel devant un brasero rougeoyant. Les enfants sont assis non loin de nous. Témoins de notre joute chorégraphiée. Une sorte de ballet amoureux et conflictuel à la fois, confusion des sentiments. Moi, partagée entre jalousie et admiration. Elle, entre érotisme et naufrage. Noyées dans notre propre tourbillon, enlacées comme deux lianes n'en faisant qu'une. Sous le regard de Rebis tenant sa baguette magique devant ses yeux, et nous en arrière-plan, enroulées tels deux serpents.

Ani me parle de l'inventeur de la guillotine. Ce qui l'interroge n'est pas tant l'objet et son utilisation. Mais plutôt le cheminement et les tests antérieurs à la réalisation finale de l'objet. Elle me dit qu'il a vraisemblablement testé son invention sur des légumes pour commencer. Mais il ne s'agit pas d'arme de mort pour le moment. Puis probablement sur des animaux. Puis évidemment il a songé à le tester sur des êtres humains. Je ne saisis pas très bien le concept de sa réflexion.

Ani me regarde perplexe.

— Tu ne saisis pas ? Il s'agit de voir la même chose, le même objet. Et cette même chose, ce même objet n'est plus du tout le même, n'a plus du tout la même fonction, la même mission, le même impact. Et pourtant, rien n'a changé en lui, il était déjà là, déjà prêt.

Elle me regarde silencieuse soudain. Les lèvres entrouvertes. Le sourcil dur et frondeur. Je suis face à elle. Je peux sentir la palpitation de sa gorge.

L'elixir s'estompant peu à peu dans notre sang, nous sommes là tous les quatre assis à observer les étoiles, au milieu du jardin. J'aperçois le passeport d'Ani qui dépasse de son sac à main. Je repense à mon arrivée ici. Aux jours d'avant. À mon évasion. Aux années précédentes. Aux diamants. Aux coffre-forts. Aux serrures à cliquets. Aux endoscopes. Rebis avance sa main vers le passeport. Je repense à mes gants de nitrile noir. Rebis pose ses doigts sur le passeport. Je repense aux portes des coffres qui s'ouvrent. Aux bruits derrière les portes. À mes frémissements. Je suis soudain sortie de ma torpeur par trois colibris qui tournent autour de ma tête. À peine le temps de réaliser la somptuosité de cette apparition, je les vois s'envoler dans le ciel comme trois fusées colorées.

Feux follets follement affolés filant dans le fier firmament.

11 — La perle

À l’aube, l'aréopage Colomba et moi partons en barque sur le fleuve. Ani veut me faire voir le soleil levant sur l’eau. Elle dit que c’est un spectacle à couper le souffle. Découvrir la sublime nature au réveil sur le miroir de l'onde. Nous glissons lentement sur l'eau. Les palmiers défilent, colonnes végétales d'un temple bucolique intemporel.

Le volcan se reflète, majestueux dans notre sillage. Ani est agenouillée au centre de la barque, portant sur son visage les signes de l'inquiétude. Stabat Mater. Figée telle une Madone pleine de douleur ayant peur de la mer. Insouciants, les jumeaux, Rebis en proue, Almandine en poupe, montrent du doigt les berges de palmiers, caressées par le rose du soleil naissant. Petits matelots courageux et sereins sur l'onde opaline, ils dévorent à pleines dents ce festin visuel du matin. Je savoure moi aussi une nouvelle fois cet instant parmi eux.

Chaque seconde est un délice que je voudrais cristalliser pour toujours. Me perdre dans un arrêt du temps, dans cet instant. Voluptueuse sensation de gondole exotique. Je guide notre vaisseau, armée d'un long bâton de bois.

Une halte sur le rivage, nous offre le baiser d'un léger vent humide et chaud. Les enfants cueillent des fruits sous le regard de leur mère-lionne. Et je suis le témoin de cette vie sauvage et sobre sous les prémisses de la mousson. Jusque dans l'après-midi, nous glissons sur cette nature qui nous livre ses secrets intimes. Les recoins de ses plis les plus vierges. Des envolées d'oiseaux étranges et méconnus. Des éventails de fleurs immenses et chamarées, messagers de la terre-mère qui nous offre ce qu'elle a de plus riche pour nourrir tous nos sens.

Je sonde à présent ce qu'Ani m'inspire. Ce n'est pas seulement un mélange d'admiration et de jalousie honteuse. Non. C'est plus simple, plus limpide que cela. Elle m'inspire. Tout simplement.

En fin d'après-midi, de retour de notre expédition d'explorateurs des émotions, aventuriers des sens et du plaisir, c'est avec hésitation que nous acceptons finalement le bain qui nous sépare de notre manteau de parfums naturels.

Avant le dîner, Ani propose que nous visitions les cuisines de l'hôtel. Elle demande au Chef si ça ne dérangerait pas la brigade que nous fassions le tour des fourneaux. Ravi et souriant, il nous prie de le suivre. Nous nous exécutons Ani, Almandine, Rebis et moi, en file indienne. Il pousse les portes battantes du Saint des Saints de la gastronomie. Nous entrons dans les cuisines de l'Aspaklaria. C'est une vision de chaos.

Dans un vacarme assourdissant, les cuisiniers, les commis et les serveurs se bousculent, crient, chantent et boivent dans tous les coins. Jamais je n'aurais imaginé cela ainsi. On dirait une orgie masculine en noir et blanc. Ani, d'un flegmme incassable, me jette un œil en coin et lâche :

— Association de mâles fêteurs !!!

Je lui réponds par un sourire complice et malicieux.

Le Chef nous fait découvrir le four dans lequel il fabrique notre pain de tous les jours. Un four immense de pierre et d'acier, en forme de sablier, au centre de la cuisine. Le Chef nous explique le processus particulier à la forme de cet âtre étrange. Le bois qui brûle et meurt, se transforme en fumée et chaleur, afin de donner naissance à l'aliment essentiel de l'autre côté du sablier. Vases communicants liés par une sorte d'ombilic, canal nourricier de la transformation, tunnel de la renaissance.

Passant devant le plan de travail sur lequel repose une sorte de petit volcan de farine, je ne peux résister à la tentation. J'y plonge mes mains jusqu'aux avant-bras et je malaxe la poudre blanche. La sensation sur ma peau est douce et onctueuse. Quand je retire mes mains, une très fine couche de farine me fait comme des gants blancs. Ani a saisi cet instant. Elle me regarde et levant un de ses bras gantés, elle me l'indique en penchant légérement sa tête avec un sourire. Le visage encore chaud des braises du four, nous faisons finalement escale à notre table pour le dîner. Terminus.

Attablée, encore ennivrée de cette journée, je regarde Ani, et soudain, je sens mon échine se glacer, les joues encore écarlates d'avoir été près du sablier de pierre. Il se passe quelque chose. Je vois Ani exécuter son geste comme au ralenti. D'une main délicate, elle ôte un gant, lentement, puis l'autre. Je découvre ses doigts pour la première fois. Des segments fins et fragiles. Magnifique œuvre d'articulation. Un grain de peau sublime. Rehaussé d'ongles ciselés sans la moindre imperfection. Des cuticules parfaitement dessinées. Une architecture de la main d'un équilibre éblouissant. Création divine descendue sur Terre. Je reste sans voix. En extase.

Me regardant droit dans les yeux, elle sort une boîte de son sac et la dépose sur la table.

— Tu vois, encore une boîte... Me glisse Almandine d'un air complice.

— Dans un mois, peut-être deux boîtes, enchaîne Rebis.

— Rebis dit cela car dans trente jours c'est notre anniversaire. Sept ans. Surenchérit Almandine.

Ouvrant le couvercle de la boîte, Ani en sort et me montre un ruban noué à une médaille gravée.

— La plus haute distinction dans mon métier d'œnologue-consultante. La plus noble cible à atteindre pour tous les World Flying Winemakers. La création de vingt millésimes exceptionnels en dix ans de métier. Le creuset de toutes les vanités, les jalousies, les convoitises. Trop haut, trop vite. La récompense qui vous châtie plus qu'elle ne vous flatte, car elle signe l'arrêt de votre ascension. Pour moi tout particulièrement comme je te l'ai raconté. On vous signifie par la récompense honorifique que l'on n'a plus besoin de vous. Que vous avez fait votre temps et votre devoir. Que vous devez à présent laisser la place à d'autres. Toute médaille, toute récompense, couverte d'or ou non, a le même sens, la même signification. Le terminus de vos ambitions. La fin de votre parcours. L'arrivée de la course.

— N'est-ce pas là le but de tout apprentissage, ou de toute carrière ?

— Non. J'imaginais le chemin perpétuel. Je rêvais l'ascension sans jamais désirer le sommet. Un peu comme un artiste estime n'avoir jamais terminé son œuvre.

— L'ensemble de son œuvre ?

— La moindre de ses œuvres. Ce que l'on voit quand on regarde un tableau, n'est qu'une portion de l'œuvre. Elle est toujours inachevée. Juliessa, imagine que l'on ressuscite Léonard de Vinci grâce à la science, qu'on lui redonne vie tel qu'il était au moment où il est parti. On le fait revivre avec tous ses souvenirs intacts, avec ses sensations, ses ambitions, ses regrets, ses remords d'alors. Le Léonard à rebours.

— Oui...

— On lui montre sa notoriété mondiale, la portée de son travail...

— Oui...

— Et soudain, notre Léonard de Vinci met en avant et fait valoir son droit éternel de modification de son œuvre.

— Et ?

— Et il demande à finir sa Joconde, sa Mona Lisa.

— La finir ?

— Oui, la finir. Finir son tableau. Il affirme que c'était encore en travaux quand il a quitté le monde des vivants. Tout le monde est interloqué. Il demande qu'on lui apporte des pinceaux, des huiles, des pigments, il s'enferme avec sa Joconde qu'on a sortie du Louvre pour lui, et se met au travail. Demandant qu'on lui apporte à manger et à boire, mais qu'on ne le dérange sous aucun prétexte. Quelques jours plus tard, Léonard de Vinci ouvre la porte de l'atelier et fait entrer les gens. Et, Ô stupeur, il a fait des moustaches et une barbiche à sa Joconde ! Et à l'arrière plan, il a peint une immense demeure de style français, une grande maison de granit et de marbre. Une superbe propriété, qui monopolise pratiquement l'œil par rapport au personnage barbu et moustachu du premier plan !

— Ca n'a pas de sens !

— Bien sûr que ça a du sens ! Il présente son œuvre achevée et indique le titre de son tableau. Il l'a intitulé «LA MAISON». La coquetterie de Léonard est sans limite, tout comme son espièglerie. Tant que la bâtisse n'était pas construite, il avait appelé le tableau « MONA LISA » C'était les pierres éparses, non assemblées pour construire «LA MAISON». Une fois le tableau terminé , il remet les lettres dans le bon ordre architectural ! « LA MAISON, AIMONS-LA !!! » « LA MAISON » = « MONA LISA »

— Mais il s'agit de mots français ! Ce devrait être de l'italien.

— Léonard de Vinci parlait aussi parfaitement le français. Et il s'agit-là d'une œuvre représentant une maison de style français. Il a toujours fait les choses de manière logique, avec du sens et des clés cachées. Songe tout de même que « Léonard de Vinci » est l'anagramme de « Le don divin créa » lâche-t-elle finalement avec un grand sourire fier.

— Voilà un sujet intéressant.

— Juste pour dire, qu'une récompense, une médaille ou une coupe ne souligne qu'un moment donné. Elle fige, elle cristallise un exploit ou un travail, mais en soi, c'est futile et stupide. La vraie récompense serait de continuer à travailler éternellement en quête d'un sommet toujours plus haut.

Lorsqu'elle termine cette phrase, un accent de regret dans la voix, je sens en elle une vive émotion, mêlée d'une sorte de mélancolie dévorante et brutale. Un choc dont elle ne s'est jamais réellement remise, ajouté à l'accident de son mari.

Ce soir, Ani prend ses huîtres les mains nues. Ce soir, pour la première fois, elle est comme absente. Recevant chaque coquille et son fruit machinalement. Comme avec componction en lieu et place de son air curieux et explorateur habituel.

Quand le garçon vient retirer son plat pour l'emmener en cuisine, Ani a les yeux baissés dans une pose qui me rappelle un tableau de la Renaissance. Une Madone prostrée dans la contemplation de sa propre douleur. Déchirement intérieur. Sans savoir pourquoi, je suis cet amas d'huîtres vides du regard. Et lorsque le plateau est sur le point de filer, passant près de moi, j'aperçois au milieu des coquilles, une lueur nacrée. Impossible que ça lui ait échappé. Appendice de corail à peine masqué dans l'armure du fruit de mer.

Une perle.

12 — Le réveil du creuset

Cette perle me hante ce soir seule dans ma chambre.

Ani a-t-elle feint de ne pas la voir ? Chaque jour chercher un trésor. Puis le trouver et l'ignorer. Qui peut faire cela ? Et pourquoi ? Un travail acharné durant une eternité, pour finalement tout laisser tomber une fois achevé.

Je repense à son rêve d'ascension sans jamais désirer le sommet. Elle savait. Elle a vu la perle.
Je commence doucement à entrevoir cet état d'esprit du combattant qui ne cherche pas la victoire, mais seulement l'engagement dans la bataille. Le chemin seul compte. Ni le départ, ni l'arrivée. Seulement la route.

Torturée par l'image de ma Madone Ani en proie à ses démons, je peine à trouver le sommeil. Beauté tourmentée. Martyre de son propre destin. La proie de ses aspirations. Ani engloutie. Ani déchirée. Ani souillée du vice de ses vertus. Ani mon ange. Ma passion. Ani perdue sur l'océan. Apeurée. Je m'endors sans le savoir, sans percevoir ma dérive dans les bras de Morphée. Ani est dans mon rêve. Elle est mon rêve.

Au son d'orgues retentissantes et lancinantes, je la vois dériver sur un radeau parsemé de coquilles d'huîtres, une guillotine plantée au milieu du radeau comme un mât sans voile. Seule au milieu des océans. Affamée. Abîmée. La peau brûlée par le soleil. L'ange blanc est devenu la créature recroquevillée à la peau calcinée. Assise sur son amas de bois et de nacre dérivant, le menton posé sur les genoux, les bras encerclant ses tibias comme des serres de rapace. Elle se referme, piégée par elle-même, prédateur et proie à la fois. Victime et bourreau. Ani est la bague. Ani est le doigt.

Je suis seule sur une île minuscule dont je pourrais faire le tour en dix enjambées et j'aperçois son radeau qui dérive. Je lui fais signe. Elle ne me voit pas. Je l'appelle. Je crie son nom. Mais elle est toujours là prostrée sur son embarcation sans gouvernail. Son navire sans capitaine. Sa nef sans but. Vaisseau fou et délabré qui l'emmène vers nulle part ou ailleurs. Et je suis là, marionnette sans fil à m'agiter dans une pantomime grotesque pour la rappeler vers moi. Mais elle ne me voit pas. Désespérée d'être ignorée, je réponds à l'appel d'un acte fou. Réflexe reptilien et non réfléchi. Je m'élance à l'eau pour la rejoindre.

Je nage comme une folle. Mais le radeau qui l'emmène semble ne jamais se rapprocher. Comme une montagne qui reste au loin à l'horizon. Je nage jusqu'à m'épuiser. Mais la rage m'envahit. Je veux la rejoindre. Je ne lâche pas. Mes bras et mes jambes battent la mer dans une écume furieuse. Je fends l'océan comme un sabre qui laisse des cicatrices dans les vagues. L'écume au corps et aux lèvres, furie des mers, les requins s'écartent pour me laisser passer. Je suis la lame. Je suis la dague. Je suis l'épée. Je tourmente l'océan de mon baiser d'acier. Tranchant les vagues de colère, j'avance vers le radeau. Ma main terrible saisit le cordage et mon bras furieux me hisse sur les rondins.

Ruisselante des eaux tumultueuses je me tiens debout devant Ani qui semble une enfant minuscule assise dans une boîte certie de coquilles. Je la prends dans mes bras immenses. Petite créature fragile et blessée. Je la serre contre moi et sens soudain le froid dans mes veines et mes artères. Ani m'a mordu. Ses dents ascérées ont saisi ma gorge. Un liquide froid sur ma peau brûlante. Elle me dévore, me possède, m’engloutit.

Ani est l'allumette. Je suis l'incendie. Que notre bûcher soit exaucé.

Les rondins de bois du radeau sautent et se brisent dans un fracas rugissant. Tel un monstre marin déchiré par les récifs. Je sens la vapeur brûlante de ses entrailles ouvertes pénétrer mes sinus. Une odeur âcre, amère et suffocante. Mes poumons me brûlent, ma gorge bouillonne. Je suis le tison hurlant. L'épée rougie du forgeron qui plonge dans l'eau glacée, je suis le vent incandescent qui souffle en tourbillon. Je suis l'amoureuse incendiée qu'on n'a pas arrosée.

Et soudain, je me réveille en nage. La gorge trempée. Une chaleur étouffante dans ma chambre. Une épaisse fumée envahit la pièce. Par la fenêtre presque disparue dans ce brouillard, j'aperçois le sommet hurlant et crachant des vagues de feu.

Montagne au matin.

Volcan vient la nuit.

13 — Des cendres dans les cheveux

Quitter la chambre. Trouver de l'air. La chaleur est intense. Une épouvantable odeur de soufre me prend à la gorge. Les poumons me brûlent. Ma langue est âcre. La tête qui tourne. Je me dirige dans un voile de fumée vers la porte de ma chambre. Je l'ouvre. Un peu d'air. Je titube. mes yeux se troublent. Je tombe à genoux le long du mur du couloir. Près du sol, la fumée est moins dense. Je reprends un peu mes esprits. J'avance sur le sol en direction du bout du couloir, vers la fenêtre qui donne sur le jardin.

Le temps me paraît interminable dans cet espace qui me semble destructuré. Arrivée à la fenêtre, je me lève, je l'ouvre. Je reçois comme une pluie de flocons de cendres sur le visage, les cheveux, les épaules. Le ciel est rouge et parsemé de poussière grise et blanche. La température me rappelle le four en sablier. J'ai l'impression de cuire. Je reste longtemps à la fenêtre, l'esprit embué. J'ai mal à la tête. Je songe à reprendre le couloir pour descendre l'escalier. La raison qui me reste me l'interdit. Trop risqué. Pas assez d'air. Aucune visibilité. Si je me perds, je m'asphyxie.

Je regarde en contrebas le jardin. Je ne perçois que la cime des palmiers. Je ne vois pas le sol. Juste un tapis de fumée. Je réalise soudain le silence. Je n'entends plus le volcan hurler. Il n'y a plus aucun son. Je n'entends personne. Pas de voix. Pas de cri. Rien que le silence. Des cris m'auraient rassurée. Ca n'a pas grand sens. Mais c'est ça. Des cris m'auraient rassurée. Là rien.

J'ai la sensation d'être sourde. D'avoir perdu mes sens. Le goût saturé par le soufre. L'odorat noyé par la fumée. Le toucher endormi par la chaleur. La vue brouillée par la cendre. Et ce silence de sourd. Non. J'entends le vent. Ce son familier de la brise. Un vent se lève. J'entends le vent. Un sourire incongru me défigure. Je dois avoir l'air cinglé. Le visage couvert de cendres et je souris. Je crois que je souris. Le son du vent devient grésillement. Le décor bascule. Non c'est moi qui perds connaissance. Je crois. Je ne sais pas. La cime des palmiers se jette sur moi. Les palmes me giflent en plein visage. J'ai un haut-le-cœur. Non. Je viens de tomber du balcon. Puis le choc.

Une énorme claque sur le visage et le thorax. Une immense chaleur humide partout sur le corps. Je suis sous l'eau. Je reste sous l'eau. Non. Je remonte très doucement. J'ai bloqué mon souffle. Je remonte. Je vois la ligne d'eau se rapprocher. Je refais surface. Je n'ai pas la force de nager. Je flotte sur le dos. Je vois au dessus de moi le balcon d'où je viens de tomber. Il me semble très haut vu d'ici. Je ne sais même pas si je suis blessée ou non. La claque a été phénoménale. Une gifle de géant. Je reste là à flotter. les flocons de cendres continuent à voler poussés par le vent.

J'entends une voix. Une voix d'homme. Je connais cette voix. Mais je n'arrive pas à rassembler mes idées. J'arrive à flotter, c'est déjà bien. La voix se fait insistante. Répétitive. Je ne comprends pas ce qu'elle dit. Le son est sourd. Comme les oreilles bouchées. Je flotte toujours. C'est bien. Je suis bien là... Non. C'est stupide. Je ne suis pas bien. Je viens de chuter d'un balcon. Voilà c'est ça. Je ne suis pas bien. Je viens de chuter d'un balcon. Oui. Je suis tombée d'un balcon. J'ai chuté. Je sais que je ne dois pas répéter les choses. J'ai chuté d'un balcon. La claque. Une énorme gifle. J'arrive à flotter. C'est bien. Oui c'est déjà bien. Je sens que quelqu'un me tient le poignet. Je suis assise et quelqu'un me tient le poignet. Pourquoi est-ce que je suis assise ? J'étais en train de flotter.

— Est-ce que vous allez bien ?

Son visage est tout près du mien. C'est le sommelier. Il est assis à côté de moi. Je regarde mes pieds. Ils sont mouillés. Je suis assise sur le rebord du bassin.

— Est-ce que vous m'entendez ?

— Oui je vous entends.
Bien sûr que je l'entends.

— Ca fait dix minutes que je vous ai sortie de l'eau. Mais vous ne répondiez pas.

— Dix minutes...

— Vous avez chuté du balcon. J'ai cru que vous alliez percuter le rebord en marbre. Mais vous êtes tombée au milieu du bassin. Vous avez eu une chance incroyable.

— Une chance incroyable...

Je sais que je suis hébétée. C'est déjà ça. Petit à petit, lentement, pas à pas, tout se remet en ordre dans mon esprit. Mon réveil. Le couloir. La fumée. La fenêtre. La chute dans l'eau. Oui. Le sommelier a dû me sortir du bassin. Je le regarde.

— Merci... Je vous remercie.

— Je vais vous laisser. Je vais voir à l'intérieur s'il reste des survivants.

— Des survivants...

— Oui. La coulée de lave a brûlé la moitié de l'hôtel. Et la fumée a dû faire des victimes.

Il me serre une dernière fois le poignet puis se lève et se dirige rapidement vers la verrière de l'hôtel d'où s'échappe encore de la fumée.
Je reste un moment assise.

— Des survivants...

D'abord floue, cette expression me renvoie l'image des autres. Les autres. Puis, comme un flash soudain en pleine face.

Des surviv...
Ani ! Les enfants !

14 — Le bruit des larmes

Je prends peu à peu la mesure du drame qui vient de se jouer. Je suis sur le théâtre du sang des autres. Je suis au cœur de la tourmente et du fléau. Je viens de me réveiller au centre de la guerre, dans le noyau des Enfers. Soldat endormi, qui se réveille au feu et à la rage de la mitraille. Désorientée. Les yeux hallucinés.

Je me lève engourdie, la bouche entrouverte, le souffle pénible et les poumons qui me brûlent. Je suis dans le feu et la tempête. Je suis le tison non préparé. Mais je dois y aller. L'œil du cyclone m'attend, cet immonde bâtard qui veut tout avaler. Le typhon et l'ouragan m'appellent comme une lointaine complainte de sirènes charmeuses qui appellent à être réconfortées, dans le seul but de m'engloutir et me faire sombrer.

Je m'engouffre à la suite du « sommelier-sauveur » dans la verrière de l'hôtel. J'entre dans le ventre gris du démon. Dans les entrailles de la Bête. Je pénètre dans les organes du dragon pour en délivrer ceux que j'aime avant leur digestion.

La fumée est moins dense qu'à mon réveil, l'air un peu plus respirable, du moins à l'entrée de la verrière. Ce ne sera probablement pas le cas en avançant plus profondément. Mais ce qui éclate aux yeux immédiatement, c'est que tout est méconnaissable, plus rien n'est comme avant. Les murs sont intégralement recouverts de cendres. Le sol a disparu sous une épaisse couche de flocons gris, qui se disloquent et flottent dans l'air à chacun de mes pas, comme au ralenti. Nouvelle gravité plus lunaire que terrestre. Il ne reste que quelques lumières ça et là pour éclairer les lieux dans une sorte de brouillard onirique. Comme des lanternes ou des phares de position dans un océan aux récifs menaçants.

J'avance très doucement dans le Grand Hall d'entrée et le découvre avec son nouveau maquillage, comme si je ne l'avais jamais vu de ma vie. La fumée se fait plus dense et lourde qu'à l'entrée de la verrière. Mais je peux encore distinguer les formes et les objets. Sur les murs tous les miroirs sont couverts de flocons de cendres. Ils ne reflètent plus la moindre image. Les sœurs opaques de nous-mêmes nous ignorent et ne renvoient plus rien, elles nous annulent, nous méprisent. Elles sont devenues muettes. Je devine l'ange sur le grand tableau. Il semble avoir perdu ses yeux sous la cendre, mais pas le reste de sa personne.

Pourquoi ce genre de détail parasite-t-il ma concentration ? Qu'est-ce que cette information vient faire dans ma tête, dans ma quête, sur mon parcours ? J'ai une urgence, je dois retrouver mon équipe. Peu m'importe cet ange aux yeux sales ! Tout est méconnaissable. Véritable champ de bataille encore fumant de la haine belliqueuse du volcan. L'hôtel n'est plus que l'ombre de lui-même. Et j'avance dans ces limbes comme une âme damnée, perdue, sans repère et sans but.

Sans but ? J'ai le cerveau embué. Je commence à être empoisonnée...

Si ! J'ai un but !
Je dois retrouver Ani, Almandine et Rebis.

Les lieux sont déserts. Je ne sais pas où est passé le sommelier. J'ignore si la plupart des résidents ont pu en réchapper. Peut-être ont-il été bloqués dans leur chambre et asphyxiés ? Comme dans les cas d'incendie, plus qu'à la flamme, le plus grand nombre de victimes est souvent lié à la fumée. Cette vénéneuse vapeur qui nous prend nos poumons et les empoisonne de son odieux baiser. Catin chimique des Enfers.

Je reconnais. Je suis maintenant à l'entrée du Grand Salon. Au fond, je vois les vitres qui ont explosé. La fumée s'est échappée par cette blessure du bâtiment. Je ne peux pas le manquer, au beau milieu du salon, comme une œuvre d'art arrogante, excentrique. L'immense lustre est à terre. Il s'est détaché de son nombril au plafond. Cordon ombilical surdimensionné. Je l'avais prédit le jour où je suis arrivée. C'était immanquable. Comme une cage de verre brisée, harponnée sur le sol. Je m'approche.

Un détail me gêne. Quelque chose ne va pas dans ce que mon œil analyse. Mes yeux ne veulent pas me donner la complète information. Mon cerveau me ment. Comme une illusion d'optique qui ne voudrait pas dire son nom. J'avance vers cet amas de métal éclaté, de verre brisé, écrasé à terre, terrassé. Il me semble bien que c'est ça. Un élément intrus dépasse de cette équation métallique. Une excroissance organique. Je sais d'avance que ça va me déplaire.

Comme la scène d'un accident avec une machine emprisonnant sa victime. Un bras dépasse entre les barreaux de ce carcan sur le carreau. Un bras immobile. Une victime d'une improbable épée de Damoclès, là où le risque pour le commun des mortels était dans l'étouffement. Je distingue un bras de femme. Une main aux doigts fins et clairs. Une peau claire et précieuse. Je m'approche lentement creusant un sillage flottant de cendres qui s'élèvent sur mon passage, me faisant une traîne à ma suite, pour un mariage solitaire. Des ongles ciselés à la perfection. J'avance religieusement comme une future mariée déjà désespérée.

Je ne veux pas.
Veuve.
Des articulations parfaites.

Je ne veux pas.
Veuve.
Je suis tout près.

Je ne veux pas.

J'arrive devant le lustre à terre, comme une promise aux marches de l'autel funeste. Je m'arrête. La nappe de cendres que j'ai soulevée en venant, stagne dans l'air, avant de retomber paresseusement sur le sol, feuilles tristes et molles d'un sinistre automne. Mes yeux s'acclimatent. Dans la pénombre se dessine le visage de la femme aux bras fins et délicats. Mes pieds ont disparu sous cette nappe voluptueuse de cendres.

Je ne veux pas. Mais elle est là.

Ma déesse diaphane prisonnière de sa cage de verre, empalée par un trésor.

Ani.

Je suis à son contact à présent. Son manteau de cristal et d'or lui fait un écrin précieux et cruel. Elle a senti ma présence. Elle est encore vivante. Ses belles paupières laissent apparaître ses yeux magnifiques. Elle me regarde sans un mot. Sa poitrine est traversée par un pieu doré. Son ultime sceptre de reine. Déesse harponnée comme un vampire qui ne peut plus parler. Un filet de sang carmin s'échappe de sa bouche magnifique et coule doucement sur son sein. Sa main gauche serre le flacon de son parfum. Elle me le tend péniblement, offrande des derniers instants.

La bouteille noire et or passe de sa main aux miennes dans un fugace contact de nos doigts s'effleurant une dernière fois. Précieux présent pour un avenir que je vais devoir passer sans elle. Ses doux yeux plantés dans les miens, prunelles face à face, nos pupilles d'émeraude se contemplent, se répondent en silence. Réunissant ses deux mains vides, Ani forme un carré avec ses doigts. Hochant la tête, je lui réponds par une larme qui coule sur mon sourire. Ses yeux répondent à mes lèvres émues dans un calme mouvement de paupières. Puis tournant une de ses mains, elle transforme son carré en triangle. M'approchant encore pour la prendre dans mes bras, je sais que c'est la fin. Ici et maintenant. Sans soubresaut, sans râle et sans bruit, elle rend son dernier souffle sur ma joue et mon épaule dans la nuit.

La plus douce et plus terrible brise, le zéphir de ma vie. Mon souffle divin.
Mon soupir, ma douleur.
Mon chagrin, mon malheur.

Je suis orpheline de moi-même. Je suis veuve de ma moitié. Je viens d'être scindée. La lame du destin m'a coupée. Une sensation terrible et lâche m'envahit. Je ne maîtrise plus rien. Je suis le jouet du destin cruel. La marionnette du grand architecte vicieux. J'ai perdu mon reflet, mon âme, mon ombre, mon moi.

Machinalement, j'ouvre le flacon et porte une goutte à mon cou. Les dents serrées, les larmes me brûlent le visage. Me lascèrent comme une proie encore vivante dans les griffes du félin. Ma dépouille sous les yeux, telle une mue, une exuvie retirée par erreur. Tégument en vérité. Je ne parviens pas à accepter de rester et qu'elle parte. Personna non grata, la logique n'a pas été invitée aujourd'hui. Le trio Colomba vient de perdre son Capitaine. L'équipage est seul dans la tempête. Vaisseau à la dérive, avec à son bord, deux enfants. Les enfants ? Les enfants ! Les enfants...

Je dois chercher les enfants.
Je dois trouver les enfants.
Je me lève et contemple une dernière fois Ani dans sa boîte d'or et de cristal, son vaisseau précieux, son ultime attelage. J'emporte sa fragrance sur mon cou.

Une voix douce et faible derrière-moi.
— Tout va bien ?

Bracine.

Les cheveux défaits, en bataille, les habits souillés de cendres, la chemise en lambeaux. Seul, sans son chien. Sans son lion. Sans plus rien.

Je dois chercher les enfants. Je n’ai pas le temps de tergiverser avec le non-voyant qui pose des questions stupides. Tout va bien ? C’est aberrant de pouvoir poser une question comme celle-ci dans un pareil cas de figure ! Je passe à côté de Bracine. Il est sur mon chemin. Dans sa main, une corde. Peut-être l'outil de son destin.

En passant près de lui, d’une voix rauque et en sanglots, je lui réponds :

— J'ai des gens à retrouver.

— Sais-tu où ils sont ?

Je trouve étrange que Bracine me tutoie, en plus de me demander si tout va bien. Ce doit être le choc émotionnel.

Sans répondre, je lui arrache sa corde des mains, instinctivement je sais que j’en aurai besoin, et me dirige vers les escaliers. Je monte les marches de cendres. Tout est gris ici aussi. Tout est nébuleux, tout est brouillard.

Je me dirige péniblement vers la chambre des Colomba. Au bout de longues minutes de tatonnement, j'arrive enfin à la trouver dans la fumée qui commence à devenir irrespirable. La porte est ouverte et la chambre vide. J'ouvre la fenêtre pour reprendre de l'air pur avant de continuer mes recherches. Je repars dans le couloir.

Et je me mets à crier :
Almandine !

Rebis !

À gorge déployée, à m'en déchirer les poumons. Je crie, je hurle.

Les murs renvoient l'écho de mon désespoir, sans véritable réponse. Sans celle que j'attends. Je continue d'avancer en appelant les enfants. Des images atroces me viennent à l'esprit. De celles dont la nature sauvage et sans pitié a le secret. Celles que nous ont déjà montrées la fatalité ou le destin, peu importe comment on les appelle. Celles qui piquent les yeux et poignardent le cœur et l'estomac. Ces images qui mutilent l'esprit, écorchent l'âme. Tentant de chasser ces images de mon crâne, je poursuis ma recherche. Pourquoi n'ai-je pas pensé à eux lorsque je me suis réveillée dans la fumée ?

Il n’y a que dans mes rêves que se réveillent mes réflexes reptiliens. De halls en couloirs, d'escaliers en recoins, de réduits en placards, je fouille fébrilement ce honteux brouillard. Et je crie. Comme si j'étais à la recherche de mes propres enfants. Je suis la mère angoissée qui cherche sa progéniture, qui court sauver sa descendance. Je suis la louve aux mamelles souffrantes qui appelle les crocs rassurants de ses petits monstres. Je suis la lionne à qui manque les griffures de ses lionceaux. Je cherche mes petits félins perdus dans le palais. Je suis sur le point d’en perdre la tête de douleur et désespoir.

Je revois Ani dans sa prison dorée, et je ne parviens pas à comprendre ce qu’elle faisait là, dans le Grand Salon à cette heure de la nuit.

Comme une seconde vague vengeresse, la fumée recommence à se faire plus épaisse et m’oppresse. Le temps presse.

Je passe devant le terrarium. En hauteur, je devine un trait lumineux derrière le filet de cendres qui couvre la vitre. En avançant, machinalement, je passe mes doigts sur la paroi de verre, laissant un sillon qui fait surgir un faisceau de lumière. Comme une griffure sur un flanc meurtri, d’où jaillirait le sang.

TOC TOC TOC
J'entends frapper derrière la vitre.

Ce ne peut pas être le groom minuscule. Ca a toqué trois fois.

TOC TOC TOC

C'est bien ça.

Ma main retire fébrilement la couche de flocons gris sur la glace du terrarium. Derrière la trace de ma main apparaissent les visages des enfants.

Rebis.
Almandine.
Ils sont vivants.

15 — Embrasse-nous

Seuls les jumeaux et Séraphin SOMMEIL connaissaient le secret pour entrer dans le terrarium. La présence d'esprit des enfants est à l'aune de leur insouciance parfois. Le génie de l'innocence. Dans l'urgence de la catastrophe ils se sont souvenus de ce que leur avait appris Séraphin SOMMEIL concernant le terrarium, cette place de sûreté au milieu de l'hôtel. Incroyable ! Séraphin, le tueur, l'empoisonneur aura a posteriori sauvé des enfants ! Almandine et Rebis sortent de leur cage de verre par une petite porté dérobée. Ils s'inquiétaient pour les petites tortues. Leur apparente priorité. Sept ans. L'âge de raison ne concerne que la conception de ce qui est bien ou mal. Pas de ce qui est essentiel ou primordial.

Je les prends dans mes bras et les serre tout contre moi. Il ne faut pas rester là. Un craquement sourd fait trembler les murs. Une épaisse fumée se déroule sous nos pieds tout droit sortie d'une brèche rougeoyante sur le sol. Je jette un œil rapide sur les différents chemins qui restent possibles comme sorties. Mes poings se serrent sur le chanvre tressé. La corde. Comme une alpiniste au devant du danger, je m'attache aux jumeaux et notre convoi de rescapés reprend son périple sur une neige vaporeuse de fumée. À petits pas nous progressons sur la brume toxique qui escalade nos jambes. Alors que le couloir sombre semble interminable, le manteau gris-blanc de fumée commence à nous caresser les flancs.

Je reconnais bientôt l'entrée du Grand Salon. Je demande aux enfants de masquer leur bouche et leur nez avec leurs vêtements. Je ne veux pas qu'ils voient leur mère à terre. Nous passons devant l'entrée. De loin, j'aperçois le mausolée d'Ani. Or et cristal maintenant cernés d'un nuage blanc. Je jette un ultime regard vers sa dernière demeure. La silhouette de Bracine se dessine, debout toujours immobile, là où je l'avais laissé, l'aveugle reste muet. Les trois silhouettes de notre caravane de survivants arrivent dans le Grand Hall vers la sortie.

Je détache les enfants à l'air du jardin. En défaisant leurs nœuds, j'évite leur regard, je ne veux pas croiser leurs yeux. Ils n'ont pas un seul instant fait mention de leur maman. J'ai comme un pressentiment qui n'ose pas s'avouer vraiment. Un sentiment étrange et flou. Les enfants épuisés, s'assoient sur le sol. Des flocons continuent de tomber. Je jette un regard vers l'hôtel qui crache encore de la fumée par tous ses pores, créature mourante des Enfers. Au milieu de cette neige sans hiver, notre trio orphelin reste glacé. Comme des statues pétrifiées. Vestiges d'un bonheur enfui.

Une biche argentée au regard égaré passe lentement sans nous voir, comme un fantôme devant nos silhouettes figées. Elle s'arrête un instant. Nous sommes comme transparents ou absents. Puis l'animal couvert de cendres reprend sa marche impassible, et se dissout comme un caméléon dans les palmes du jardin. Nous restons là tous les trois au milieu des cendres et des flocons.
Sans parler.

Longtemps plus tard. Longtemps après, les enfants se sont rapprochés de moi, m'ont pris dans leurs bras et m'ont serrée fort, longuement, amoureusement.
Sans un mot.

Cette étreinte nouvelle pour moi me fait peur. Je ne suis qu'une étrangère sur leur parcours. On s'attache à ce qui vient lorsque l'on n'a plus rien. Je me sens désemparée. Nous ne sommes que des naufragés. Sans rivage, sans vaisseau. Rien que nous et plus rien d'autre.

Ils n'ont pas eu un mot pour leur mère. Comme si la fatalité était une donnée ancrée dans leurs gênes. Comme s'ils savaient depuis toujours que ça arriverait. Comme s'ils étaient préparés. Prêts pour cette épreuve. Façonnés pour l'adversité. Sculptés pour le destin et sa violence. Je les vois plus que jamais comme des félins. Créatures à l'épreuve de l'existence. Entités forgées pour la lutte et le chagrin, ciselées dans l'airain pour le deuil et la souffrance.

Félins.

16 — Le palimpseste de nos vies

Volcan, le jour se lève.

Sur les hauteurs du jardin nord de l'hôtel, un hôpital de campagne a été installé sous des tentes. Champignon informe sorti de terre, gorgé de cendre et de sang. Méduse géante ondulant doucement sous la brise placide. Le vent se moque de la détresse. Nature indifférente aux soubresauts des humains. Elle est au dessus, elle est avant et elle est après l'espèce humaine. Notre aînée depuis la nuit des temps, elle nous verra disparaître ou nous enfuir, selon. Mais quoi qu'il en soit, notre condition lui importe peu à la mère Gaïa, elle nous méprise et nous conspue.

Nous ne sommes pour elle que la fange de la fange. Espèce issue de pas grand chose, extrêmement orgueilleuse de manière injustifiée. Et surtout, de loin, l'espèce la plus nuisible au monde. Le rebus de l'intégrité. La colère du principe vivant. La honte de la création. L'usurpateur du sommet de la chaîne alimentaire. Lâchez n'importe quel être humain, nu au milieu de la jungle, l'équation sera réglée très rapidement. Alors le vent, la pluie, se moquent bien de savoir si l'on souffre, si l'on meurt, ou si l'on pleure...

Une aide-soignante essaie de gérer ce chapiteau sans clown trop grand pour elle-seule. Soliste perdue dans un orchestre symphonique déserté. Elle s'affaire de corps à corps, de blessé à mourant sous la toile battue par le vent. Opéra tragique, pantomime pathétique sans musique. Almandine et Rebis ont fini par réaliser. Ils ont craqué. Ils pleurent depuis des heures. Sans cesse. Sans repos. Et moi, témoin bouleversée, impuissante et désemparée. Je suis là. Interdite. Je voudrais être ailleurs. M'enfuir. Me disperser. Me volatiliser.

Disparaître. Je voudrais être étrangère à cette douleur. Invisible pour les enfants. Mais non. Je suis là. Ils me regardent en pleurant toutes les larmes de leur corps. Et je ne peux rien y faire. Mon âme me brûle d'impuissance. Je suis seulement rassurée sur mes petits félins qui n'ont pas un cœur de pierre. Nous ne sommes rien face au déchaînement de la nature. Vulgaires êtres d'eau et de poussière.

Petites marionnettes dérisoires posées là sur la terre cuite, figées par l'effroi comme des cailloux, poudre de montagnes, résidus de civilisation. Retournés au sommaire, nous sommes là avec presque rien. Notre corps et notre cœur, nos poumons et nos chagrins. Et la terre continue de tourner. Elle nous ignore. Nous ne sommes même pas une portion de son destin. Nous ne sommes rien.

Une journée enfuie entre nos doigts, restés prostrés là, nous n'avons pas vu le soleil tourner.

La nuit commence à recouvrir la vallée défigurée. L'hôtel Aspaklaria, appendice noirci au milieu des palmier brûnis, n'est plus qu'un cierge consummé sur l'autel du désespoir. Des paillasses de fortune nous servent de couche pour cette nuit. Crépuscule grotesque. La lune semble un clown incongru perdu au milieu du cirque stellaire. La grande ourse n’est pas un plantigrade dressé pour faire des tours absurdes. Elle est le tapis de clous du fakir qui a mal. Les enfants exténués de chagrin se sont endormis. Je les suis bientôt, brisée.

Je rêve.

Je rêve d'un œuf. Un œuf géant, debout devant moi. Rien que lui et moi, perdus au milieu de nulle part. Surface déserte. L'œuf et moi. Rien d'autre. Rien. Le néant autour. Pas d'Ani, pas d'enfants.

L'œuf.
Moi.

Et ça dure, comme une lancinante litanie en boucle. Apaisante et hermétique à la fois.

Je me réveille.

J'ouvre l'œil. Les enfants sont couchés près de moi. Des nuages masquent la lune. Je ne peux pas rester là. Ma place n'est pas ici.

Sans un bruit, comme un chat crapuleux, je me lève doucement. Je laisse les enfants endormis. Je pars. Honteuse et pleine de cendres.

J'avance hagarde, comme une feuille morte poussée par le vent, portée dans le tourment. Je passe devant la tente qui sert d'hôpital de fortune. À l'entrée, j'aperçois une silhouette qui me semble être Bracine dans la pénombre, à genoux, penché au dessus d'un corps allongé à même le sol. Je ralentis, puis m'arrête, me fige. Je distingue mal d'où je me trouve. Mais j'ai comme un pressentiment. Une intuition. Le pincement intérieur d'un improbable présage, qui pourtant paraît tellement évident, qu'il me claque au visage, me retourne la tête. Je m'approche.

C'est bien Bracine. Je suis maintenant tout près. Les nuages s'écartent de la lune. La pénombre s'est faite plus lumineuse à mes yeux acclimatés. Bracine m'a entendu. Il tourne sa tête vers moi. Pour la première fois, ses yeux semblent me voir. Il a les joues couvertes de larmes. Mon regard passe de ses larmes à son bras, puis à sa main. Ses doigts serrent une main fine et blanche. Je connais cette main. Il se tient à genoux près du corps d'Ani. Il tient la main d'Ani. Mon Ani. Je reste debout interdite à le regarder. Lui aussi me regarde. Il ne me voit pas, mais me ressent.
Je le sais. Je le sens.

Le vent s'engouffre dans la tente et balaie ses vêtements brûlés et déchirés. Sa chemise qui n'est plus qu'un lambeau de soie salie, flotte comme la voile abîmée d'un bateau naufragé. Comme un présage sorti de la mythologie grecque. Je ne vois que ce bout de chemise qui flotte au vent comme une voile noire porteuse d'un funeste message.

Je le sais. Je le sens. Je ne veux pas vraiment être témoin de cela. Mais je sais que c'est inéluctable.

J'attends ce moment qui me semble une éternité. Je sais que ça va arriver. Que c'est imminent. Je suis assez proche pour le voir. À la lumière de la lune et des lampes de fortune. Et enfin ça arrive. Comme une évidence. Comme un secret trop longtemps caché mais sous nos yeux depuis le début. Le lambeau de chemise de Bracine se soulève, laissant apparaître deux prénoms tatoués sur son cœur :

« *Almandine & Rebis.* »

Je pousse comme un râle, comme un cri étouffé par trop d'émotions. Je ne contrôle plus rien. Trop de sentiments. Trop de bouleversements. Je suis désemparée. Désorientée. Vidée. Pulvérisée. Je m'enfuis. Je pars dans la nuit noire. J'avance au hasard. Je veux aller loin. Je cours d'affliction, de tourments. Je cours droit devant. Je fuis vers mon destin quel qu'il soit. Des plantes épineuses me fouettent les jambes, les flancs. Je cours toujours. Je cours au sang. Marionnette en lambeaux dans une course éperdue au milieu des ténèbres. Ma tunique de soie flotte au vent de ma fuite en lanières déchirées.

Je cours. Les poumons brûlés par la lourdeur de l'air. Souvenir de soufre d'hier. Césure de ma course sans but et sans fin. Les pieds mordus, les genoux griffés, les chevilles lacérées, je cours.

Puis soudain, le vide. Le trou. Le gouffre qui m'avale, nourriture sale dans une bouche hideuse, déchet jeté à la fosse. Je tombe. Une seconde fois. Pas le temps de comprendre ma chute. Le choc à la tête. Un bruit mat et sec. Vibration de la cime aux racines. Percussions sans musique et sans danse au fil de mes membres en souffrance. Détachement de la réalité. Fermeture des sens. Une révérence, puis le silence.

Déconnectée.
Longtemps.
Absente.
Floue.
Diluée.
Brumeuse.
Indéchiffrable.
Abstraite.
Quelque chose.
Il y a quelque chose.
Un son.

Un bruit. Sourd. Feutré. J'entends un bruit. Comme le tonncrrc. C'était il y a combien de temps ? Des gouttes d'eau sur ma tête, mon visage. Il fait noir. Le sol devient humide. Poisseux. Il pleut sur moi. La boue.
Vertige.
Tête lourde.
Dormir.
Encore.

Endormie dans le noir, je me réveille plus tard dans un rai de soleil. Je suis sur de la terre. Je suis terreuse. Je suis sale. Je suis en bas. Au fond. Au fond d'un trou. Au fond du trou. Le trou. La lumière éclaire enfin suffisamment pour que je distingue l'espace autour de moi. L'espace est trop petit pour que je ne le comprenne pas. La cavité qui m'emprisonne a la forme d'un œuf. Je suis prisonnière de l'œuf. Mon œuf. J'en ai rêvé. Je suis dedans à présent. Dans mon œuf boueux. Mon œuf terreux.

En levant la tête, je distingue l'ouverture au sommet de mon œuf, d'où tombe la lumière et une douce rosée vaporeuse. De très fines goutelettes sur mes yeux plissés par la lumière. Le peu de vêtement qui me reste sur le corps ressemble à des bandelettes de momie égyptienne. Je suis prête. Mon mausolée m'a déjà capturée. Je m'assieds dans ma boue sépulcrale.

J'accepte mon tombeau.

Je repense à Ani. Son visage. Ses yeux. Ses mains. Le vin.

Je repense aux enfants. Le sourire d'Almandine. Le silence de Rebis. Sa baguette magique.
Il est au campement de fortune avec sa sœur. Il vient de se réveiller. Il s'est aperçu de mon absence, de ma disparition, de ma fuite. Il m'en veut. Il refuse. Il me hait. Il me veut. Il veut que je revienne. Il a besoin de moi. Elle a besoin de moi. J'ai besoin d'eux. On a besoin de nous. Il sort de sa poche sa baguette magique. Il n'a qu'un seul vœu.

Je connais son vœu.
Je sais son vœu.
Je suis son vœu.

Je dois sortir de mon ornière, de ma caverne. La boue glissante ne retient pas mes mains sur la paroi. Elle me recrache comme un corps amer. J'ai la volonté en moi. J'ai la fureur en moi. J'ai la colère en moi. Je suis la fièvre, je suis la flamme, je suis la rage et l'incendie. Mes doigts sont les couteaux qui éventrent et labourent. Mes mains fendent l'argile et les pierres. Furia enterrée, je cherche le ciel et la lumière.

Prisonnière, je veux briser ma coquille. Sortir de mon œuf. Sortir de la terre. Ma colère brûle mes artères. Démon fumant, harpie mordante, je suis le venin de la cave. Le serpent de la boue. Le sabre du sol. Le dragon de la fange. Hurleuse du fumier des entrailles de l'Enfer. Je grimpe, balafrant la paroi. Déchirures du ventre de la glaise, lascérations des intestins de la glèbe, éviscération de la vase, griffures des boyaux boueux, j'arrache les tripes de l'organe embryonnaire.

Je suis le fœtus de l'argile en colère.

Je grimpe. Je m'élève peu à peu. Je suis la chenille qui rêve d'ailes.

Vole quand vient le jour.

Dans une lutte acharnée, ma tête sort bientôt de cette fosse vulvaire. Le soleil frappe ma tête d'un nouveau jour. Enfantement du sol. Accouchement de mon trou argileux. Mes cheveux hirsutes et sales sortent du gouffre comme une plante fulgurante apparue dans l'instant. Puis mes bras. Puis mon corps. Et mes jambes. Couchée sur le flanc comme un animal qui vient de saillir. Je baigne dans la boue, mon nouveau placenta. Souvenir de mon calvaire. Trop faible pour marcher. Trop usée pour ramper. Trop nouvelle pour penser. Je reste là, affalée. Tremblante et fumante. Renaissante.

Le soleil dans sa course céleste me dit que le temps a passé. Puis, je peux lentement et péniblement me lever. Titubante, j'arrive à marcher. Je commence à boiter. Un bâton noirci sur le sol sera ma béquille sombre. Sur la terre brûlée, je parviens à avancer. Silhouette décharnée, bandelettes au vent, allure bancale, en cadence décalée, j'avance. Mécanique détraquée, locomotive accidentée, je suis la rescapée.

Au soleil brûlant, je vais pas à pas. Au rythme d'un papillon blessé, incapable de voler, je chemine. Je marche vacillante sans savoir où je vais.

Arrivée à un carrefour de chemins brûlés, j'aperçois un berger qui rassemble ce qui reste de son troupeau. Dans ses mains, il tient un batracien. Le berger me regarde, me scrute. Comme on regarde une épave qui viendrait de surgir des eaux. Puis détournant les yeux, comme convaincu que je ne suis qu'une chimère, le berger regarde ailleurs, son amphibien dans la main. Ma silhouette abîmée se tient chancelante sur le carrefour. Des chemins. Des destins.

À l'entrée d'une des routes se dresse un petit autel noirci. Comme une boîte renfermant une Vierge consumée. Je m'approche et reste en arrêt devant la statuette. Comme fascinée devant mon totem, j'essaie de rassembler mes esprits. Je ne peux distinguer le visage de la Madone couvert de suie. Sa main droite levée indique le chemin face à elle. Madone, tu seras ma boussole, mon cap. Vaisseau altéré par les tourments de la terre, je reprends ma route, comme un fantôme dans la poussière.

Bientôt se dessine au loin l'hôpital de fortune, et l'hôtel Aspaklaria, toujours là. Malgré le feu, malgré la nuit. Jour après jour, il sera là, toujours. Je les regarde comme après une longue absence. Comme si j'avais vieilli. Avec dans mes yeux le regard de ceux qui reviennent de loin. Le regard de ceux qui ont vu l'autre côté du miroir. Ceux qui ont connu l'étreinte brûlante du désespoir. La lueur de l'horreur et du sacré. Le regard des damnés.

En arrivant devant, tout près, j'aperçois deux silhouettes d'enfants. Mes yeux sont crasseux, poussièreux et embués. Les hublots sales d'un cargo vide et rouillé. Les enfants s'approchent je crois. Oui, ce sont eux. Almandine et Rebis courent vers moi. Et moi, silhouette d'une ancêtre invulnérable, phénix encore fumant, je me dirige vers eux, appuyée sur mon bâton de charbon, les yeux en pleurs, comme pour laver mon regard.

Ils se jettent sur moi. Moi trop faible pour les prendre dans mes bras, je reste debout vacillante, tel un roseau dans le vent, pris dans l'étreinte de deux lionceaux. La plante et les félins, tous en pleurs. Nous restons là, serrés, enlacés tous les trois, savourant le contact des êtres aimés, que l'on pensait certainement ne pas retrouver. Le sentiment brûlant de la honte me lascère l'ego et les tripes. Crapuleuse lâche que j'ai été de songer à les abandonner ! Irrécupérable saleté ! Pourriture sans cœur ! Raclure de vermine !

Comment font-ils pour m'aimer ? Je ne les mérite pas... J'ai du chemin à faire pour me racheter. Ma richesse est trop faible pour le prix à payer. Je vais devoir emprunter le chemin de la rédemption. Négocier le prix de mon pardon. J'ai besoin de temps. Le temps et sa notion comptent encore moins que jamais dans ce genre d'instant. Nul ne peut dire ce que cette étreinte a duré, en minutes ou en heures, peu importe, plus rien ne compte hors de ce triangle en cet instant. Je suis la tierce du binôme COLOMBA. La nécessité de se retrouver. D'abord pour pleurer. Puis pour avancer.

Nous naissons dans les larmes, et dans les larmes nous partirons.

17 — La buée qui couvre le miroir

Dans cet hôtel brûlé qui me rappelle une fois encore et toujours, je cherche l'eau pour me laver. La douche, le bain, l'onde. Ma chambre pas trop touchée par le baiser brûlant. Ma salle de bain un peu noircie. Ma momie entre chancelante dans cette pièce dédiée au culte de l'eau. Je suis le clou incongru des murs éclaboussés de suie. Je suis la vestale du feu éteint, la prêtresse portée sur les fonts baptismaux de son désespoir.

Je suis face à moi-même. Mes yeux me regardent. À la lumière d'un miroir brisé. Tu m'observes. Je t'observe. Accoudée au rebord charbonneux, souillé, d'un lavabo qui a connu le crachat du volcan. Je suis là, vestale à sa toilette, après la fureur du feu. Je laisse couler l'eau du bain, attendant que le filet d'eau noire redevienne transparent. Cela va prendre du temps. L'aurore aux doigts de rose éclaire les murs de faïence maculés de cendre et de suie. L'eau qui coule est encore noire. J'ai tout mon temps. Je suis du regard les ombres qui dansent lentement sur les murs.

Silhouettes improbables de palmiers qui ondulent sur le carrelage. Promesse d'inconnu et de voyage. Déclaration de paix et de tranquillité. Ils ne sont en vrai que des survivants de la langue de flammes, poison de la fournaise, venin des entrailles de la terre. Témoignage de la résistance. Gage de la pérénité du vivant. La nature se relève toujours des assauts de ses enfants. Elle est sans cesse changeante. Ses cicatrices ne sont jamais éternelles, elles se fondent dans les recoins de ses reliefs, comme les pores d'une peau intemporelle, jeune à tout jamais.

Je regarde le filet d'eau. Il me semble moins sombre. Je passe ma main au travers du tube de cristal aquatique. Il devient gris pâle. Puis plus clair. Encore. Encore. Encore.

Le filet d'eau est transparent à présent. Diamant liquide sur mes doigts. Je fais le plein de la cuve. Coffre ouvert sur la manne de cristal. Les lumières scintillent sur l'eau qui monte très doucement sur l'émail de mon sarcophage. J'attends la ligne la plus haute. Puis défaisant mes bandelettes une par une je les regarde tomber lentement sur le sol à mes pieds, feuilles mortes, je suis l'arbre abîmé. Je laisse ma momie corporelle entrer dans le bain purificateur.

Je glisse lentement dans cette sève limpide qui m'accepte comme un moule immédiat. Je sombre entièrement, les yeux ouverts, le souffle retenu dans cet océan minuscule. Et je reste là. Sous ma mer. Sous ma couverture de cristal liquide. Qui me lave. Me délivre. Me nettoie. Me répare. Immersion. Promesse d'un proche printemps.

Que peut-on espérer d'un avenir sans soi ?

Ne sommes-nous pas une expérience biologique voulue ? Notre créateur ne nous aurait-il pas pourvus de cinq sens dans un but précis ? Nous donner les outils indispensables de l'ouvrier pour réaliser l'œuvre : les cinq piliers de l'affectif étant les moteurs du travail. Tous nos sens nous portent vers les autres : le goût, l'odorat, l'ouïe, le toucher et la vue sont les arcanes du rapprochement, du contact et de la réunion. Pourquoi sont-ils les principaux sens qui nous animent, sinon parce que nous sommes des créatures ici présentes pour une seule raison : se rapprocher, se réunifier, se retrouver ?

Le moindre comportement humain incontrôlé nous remet face à l'originel : le réflexe de la position fœtale est le premier signe de ce désir de retrouver notre Unité : l'enfant qui ne forme qu'un avec la mère, or, la mère est toujours le tout dernier maillon de la Création dans l'échelle généalogique.

Le nouveau départ vers l’être prochain. Depuis les derniers jusqu’aux premiers, chaque être se retrouvant dans le ventre qui l'a crée, processus inversé, à rebours, machine à remonter le temps. À la fin de cette chaîne, éventuellement deux êtres de sexes opposés, et encore pouvons-nous imaginer autre chose. Mais, même en imaginant les deux premiers êtres de sexes différents, nous sommes confrontés à la complémentarité de l'homme et de la femme : ces deux êtres qui lorsqu'ils s'unissent pour procréer ou pour le plaisir, ne forment plus qu'un seul être indissociable.

Un « Être Miroir ». Et tout au long de l'humanité ce schéma ne nous quitte pas : l'attirance de l'homme pour la femme, finalisée par la sexualité n'est que ce désir de retrouver cet état, complété par le désir de retourner dans le ventre originel.

De la même manière, l'attirance homosexuelle nous renvoie le désir de l'« Être Miroir », peut-être même de manière beaucoup plus concrète, le miroir y prend réellement tout son sens.

Mais le principal moteur du besoin, c'est tout d'abord le manque. On a besoin des autres parce qu'ils nous manquent en tant que part de nous-mêmes. La symbiose originelle nous manque, l'état fœtal nous manque. Ani me manque. L'oxygène n'est pas le principal besoin vital pour vouloir vivre mais seulement pour vivre. Notre premier besoin ce sont les autres, car ils sont notre miroir, ils sont la seule preuve de notre existence, et la seule justification de notre état d' « Être ».

J'ai été. Et j'ai fui. Puis j'ai voulu changer. J'ai rencontré Ani. Elle a fui elle aussi. Sans moi. Mon miroir, mon image. Mon double, ma sœur. Mon ange. Moi-même. Allongée dans l'eau, j'observe mon ombre sur le mur. Elle prend son bain. Elle suit mes gestes. Elle suit ma main. Je relève mes cheveux en chignon sur la nuque d'Ani. Je lève son menton. Les lèvres d'Ani miment des mots sur mon ombre. Sur ma bouche. Peu à peu, les cendres de ma peau se dispersent dans l'eau qui devient argentée.

Mon corps a changé. C'est le corps neuf que je sors de mon bain. Nue. Devant le miroir embué. Du bout des doigts, j'essuie la vapeur sur la glace. Les volutes de lumières derrière moi forment une amande sur ma tête. Comme une aura lumineuse autour de mon crâne. Un appel d'au-delà les ombres. Une promesse de lumière. Ce qui me dit : "oublie qui tu es, et deviens qui tu veux". Et je veux être cela. Je veux être encore, je veux être de nouveau. Je veux être neuve. Je veux repartir sur une route inconnue, sillonner une autre vie. Je veux un sang neuf.

Vierge de nouveau, comme touchée par le divin. Je suis la chrysalide entre hier et demain.

Je suis à la lisière de moi-même une dernière fois. Je suis en proie au dilemme, à la prise de décision. Que dois-je faire à présent ? Je me suis glissée, imiscée dans leur vie, je suis le corbeau qui a atterri dans le nid des colombes, et leur mère est partie. Le nid est en danger, mais je suis là. Les petits ont besoin de moi, et j'ai à présent besoin d'eux, même si une ombre d'égoïsme plane sur ce sentiment. Ils sont mon Ani par procuration. Ils sont les fruits de mon arbre.

Des ciseaux dorés à la main, je taille les mèches humides qui encombrent mes épaules. Peu à peu, l'albâtre de ma peau apparaît derrière les cheveux bruns qui chutent sur le sol. De plus en plus court. Jusqu'à la coupe garçonne. Je regarde mes cheveux glisser lentement dans l'air comme des feuilles mortes, atterrissant tels des vaisseaux venus d'ailleurs. Je suis l'architecte et le maître d'œuvre, je suis la main qui touche et transforme. Je suis les ciseaux, je suis la lame qui tranche, je suis le changement.

La tête dénudée de son manteau de kératine, un simple petit casque de cheveux sombres. Silhouette fine et blanche, statufiée devant le miroir embué. Je suis là. Je n'ose pas. Dans mes mains, le flacon de fragrance noir et or. Je n'ose pas. Le flacon d'Ani. Réceptacle du parfum de sa peau. Je n'ose pas. De mes doigts nus, je le caresse. Comme je caresserais la peau d'Ani. Et puis, je cède. J'ouvre délicatement l'ampoule de verre. Elle exhale soudain. Ani. Je la sens. Elle est là. Entre mes bras. Dans mes mains. Dans mes doigts. Une goutte sur ma gorge. Son parfum m'embrasse, m'enlace, me transporte, m'emporte.

Des ailes me sont poussées.

Je vole.

18 — Le réalisme des illusions et une recette du bonheur

Toute cette partie d'une vie à chercher sans comprendre quoi, ni pourquoi ni comment. Passer son existence à voler les autres. Rechercher les diamants. Les dérober. Les stocker dans d'autres coffres. Rechercher la lumière, sans jamais l'allumer, sans jamais y entrer. La clarté de soi-même, sans même l'apprivoiser. Perdue dans la pénombre, en quête de moi.

À la recherche de mon chemin lumineux, sur la quête de mes propres pas. Être d'obscurité dans les profondeurs de l'envie, dans les abysses du désir. Dans l'antre de la jalousie. Ouvrir sans cesse des boîtes barricadées de fer, en faire éclore les trésors. Enfermés, libérés. Enfer. Mais libérer la semence, la sève de son cocon blindé. Forcer l'orgasme de ces poitrails d'acier. Butiner d'un coffre à l'autre.

Abeille cambrioleuse. Coléoptère infidèle. Insecte librc, pour qui chaque trésor est à sa portée. Papillonner. Ne rien envisager d'autre pour chaque jour qui vient, se délecter de ce protocole incessant. Se servir. Passer l'interdit. Faire fi des lois. Au delà du texte. Au dessus du verbe. Faire fi de moi. Mes ailes me portent chaque jour vers un nouveau miel.

J'adore.

Je vole.

L'habitude crée le désir et l'envie, ou du moins leur reflet, l'illusion de ces sensations. Ceux qui ont déjà volé connaissent ce sentiment. Ce petit nerf qui vibre dans leur ventre et dans leur cœur. Qui leur dit que c'est interdit, mais que violer l'interdit approche le divin ou peut-être une version calcinée du divin. Comme Lucifer, ange déchu, mais tout de même porteur de lumière. Frontière indécelable entre le bannissement et le délectable.

Le voleur est perdu dans le tri de ses sentiments et de ses émotions. Le trouble est dans son esprit et dans son jugement. Depuis toujours, pour me dédouaner, je ne vise que les grosses fortunes, milliardaires et millionaires, me disant ainsi que je ne détruis pas leur vie. Je ne vole pas l'orange à l'affamé. Mais c'est simplement une pirouette de l'équilibriste de la mauvaise foi. L'haltérophile du mensonge que je suis. La danse à petits pas truqués de la tricheuse mal élevée se glissant entre les draps de la menteuse qui prétend être d'humilité pudique.

Nue, dans la salle de bain, je regarde mes mains. Sans gants blancs. Sans rien. Qu'est-ce qui fait que je suis celle-ci ? Ou celle-là ? Ani ou Juliessa ? Des conventions de groupes, des institutions, des principes, des cadres, des lois, des bornes, des règles. Les protocoles du grégaire. Rien qu'une enveloppe corporelle qu'on nomme, à qui l'on donne un nom et un prénom, voire même plusieurs parce que tout est déjà pris. Et même là, ça se décide un jour, à un instant donné. Mais on aurait pu choisir une autre appellation, une autre dénomination, un principe alternatif. Ce n'est qu'un repère pour se convaincre que nous sommes différents du règne animal, de la faune sauvage.

L'oiseau ou le guépard n'ont pas besoin d'un nom pour vivre et construire leur place. Sans se poser cette question. Il vivent. Et c'est bien déjà. Le nom est ce qui nous éloigne de l'unité. Le nom nous différencie, il nous sépare, il nous scinde. Nous ne sommes plus UN, nous sommes CHACUN.

L'identité n'est qu'une illusion de ce que nous sommes vraiment, des signes sur un bout de papier. La marque première de l'orgueil humain qui croit tout fixer, qui veut tout graver. Une ambition ridicule d'éternité. Qui flatte tout un chacun, persuadé de sa particularité. Tu es. Je suis. Nous sommes. Même lorsque l'on porte le nom d'un Dieu comme Mercure, on peut se cacher sous un pseudonyme, à tiroir lui-même, comme Bracine.

Le volcan qui nous incendie ne se soucie pas de connaître notre nom. Dans le feu, dans les flammes, nous ne sommes plus rien, ni personne. Consummée dans la lave, suis-je toujours Juliessa ? Non, je ne suis plus qu'un misérable corps embrasé, bougie flamboyante un instant, allumette fragile avant le charbon. Puis, plus rien.

Fragment de carbone.
Tissu calciné.
Embrasée.
Dévorée.
Disparue.
Anéantie.
Partie en fumée.
Rien.
Vanité.

Mais je suis ici. J'ai survécu à la montagne qui crache du feu. Je suis là avec les enfants dans notre mausolée de granit blanc, perdu dans la vallée brûlée. Nous sommes les vestiges de la splendeur passée. Silhouettes perdues dans les ruines, évocations d'hiers meilleurs. Nous sommes le serment d'une magnificence pour demain. En attendant, nous sommes aujourd'hui, nous sommes maintenant. Mais nous allons nous relever. Un genou à terre, ne veut pas dire enterré. J'ai trouvé en moi davantage de force que je n'aurais pu l'espérer.

La mort a flatté mon épaule, mais je ne l'ai pas regardée, je l'ai ignorée, et je suis restée. Sa main brûlante est devenue glacée, puis s'est retirée. Cette grande catin n'a pas insisté. Elle me convoquera pour un autre rendez-vous. Mais plus tard. Pas tout de suite. Et là, j'accepterai son invitation, son étreinte. Parce que j'aurai terminé ma mission, mon devoir. Almandine et Rebis seront en âge de vivre sans moi. Petits lionceaux indépendants. Et rien que pour voir cela, savourer ce moment où je les saurai assez grands, je serais revenue d'entre les morts, j'aurais bafoué les barrières de l'Enfer. J'aurais giflé et griffé le visage d'Hadès avec le consentement secret de Perséphone. J'aurais mordu Cerbère. J'aurais été le brutal visage de la guerre. Le destin le sait, et c'est pour cela qu'il a laissé faire les choses ainsi. Il m'a accordé un sursis pour me racheter. J'ai eu droit à un délai pour me rattraper. Pour rembourser. Et je vais m'y consacrer.

Que la souffrance et la peine, laissent enfin place à la joie et la vie.

Je n'ai plus revu Bracine depuis la tente où il pleurait sur le corps d'Ani. Il s'est enfui, il a disparu. Il a tout abandonné une seconde fois. Il est devenu le Vermillon de la honte, le Mercure qui Souffre. Bracine, Cinabre de la fuite. Davantage que juste un nom dans un passé décomposé, un présent non offert et un avenir inexistant, mais à peine plus.

Il est le sujet et l'objet du mépris. Le père qui abandonne, qui fuit. Montrer la lumière à l'aveugle est peine perdue. J'ignore s'il reviendra. Mais je ne le crois pas. Car son inséparable chien, Garm est revenu seul à l'hôtel. C'est un signe. Almandine et Rebis sont orphelins par la volonté d'un homme. À cet instant je revois comme au ralenti, le dernier geste d'Ani, qui forme avec ses mains un carré, puis fait de ce carré un triangle. C'était sa demande, son ultime vœu, sa dernière doléance : que je m'occupe de ses deux enfants quand elle se savait perdue. La trinité devenue carré, puis de nouveau triangle. Almandine, Rebis et moi. Et moi, je me sens la responsabilité de veiller sur eux-deux à présent. La mission de prendre le relais de leur maman, sans toutefois être vraiment leur mère.

Dans une vie, les rencontres exceptionnelles ne donnent pas des droits, mais invoquent plutôt des devoirs. J'ai obtenu l'absolution. Toute ma vie, j'ai été ma seule escorte, mon unique équipage. Je peux bien à présent consacrer mon temps, mon cœur et mon âme aux deux petits matelots de mon radeau, aux fruits de la chapelle de ma résurrection.

Dans le fragment de miroir sur le mur de carrelage, derrière la buée évanescente, je regarde ce visage. Juliessa ou Ani ? Les deux. Quand on croit à quelque chose, les autres aussi n'est-ce pas ?
Peut-être n'est-il même pas besoin de tenter de convaincre qui que ce soit. Les autres n'ont que faire de nous, de vous. Chacun a déjà bien assez à faire avec sa propre vie, pour ne pas avoir à se soucier de celle d'autrui. À l'autre bout du globe, je peux être qui je veux, et l'autre bout du globe ne veut rien dire. Partout je peux, tu peux, nous pouvons être celle ou celui que nous voulons. Il suffit d'en avoir vraiment envie. Makoto me l'a chuchoté. Je l'ai pris comme une vérité.

On a élevé un petit cimetière derrière un des jardins de l'hôtel, pour y déposer les corps des victimes de l'éruption. Après l'oraison funèbre, les survivants sont tous repartis, laissant les lieux dans un calme impressionnant. La fureur a laissé place à la torpeur. La tombe d'Ani est simple et belle, aux lignes pures, comme elle. Feu la Souveraine d'Aspaklaria, immortelle dans mon cœur, ensevelie au sein des jardins de son palais.

Les enfants ont sept ans aujourd'hui. Nous sommes assis sur le perron noirci. J'ai fait un gâteau avec ce que j'ai pu trouver dans les cuisines de l'hôtel. Pour mes cheveux, ils n'ont pas compris. On ne prend pas la place d'une mère. L'âge de raison, lui peut-être, porte bien son nom. Mon trouble de personnalité par rapport à Ani leur est étranger. Ils soufflent leurs bougies d'anniversaire. Je regarde le bout incandescent qui s'illumine dans leur souffle de vie. Je ne suis pas Ani. Je ne suis pas leur mère. Je ne suis qu'une greffe dans leur vie.

Je leur dis, le regard un peu vague :

— Je vous souhaite tout le bonheur possible encore...

Rebis me demande :

— C'est quoi exactement le bonheur ?

— Le bonheur, c'est une recette secrète, Il te faut :

Deux beaux enfants
Une pincée de fantaisie
Un nuage de tendresse
Un grain de folie
Un brin de douceur
Une dose de caresses
Une cuillérée d'imprévu
Un soupçon d'excentricité
Quelques gouttes de complicité
Une bouteille de parfum
Une larme de souvenir

Il faut verser le tout dans un plat qui fait la taille de tes bras
Remue lentement jusqu'à ce que le mélange soit fluide et bien lié
Saupoudre d'amour
Mets longtemps au four à chaleur rassurante
Attention c'est prêt !
Ça sort du four !
Répète ensuite cette recette pour toujours !

Les yeux illuminés, Almandine et Rebis éclatent d'un rire pur et innocent.

— Fermez les yeux, j'ai un cadeau pour vous.

Je sors de derrière les marches, deux boîtes et leur tends.

Almandine et Rebis ouvrent chacun leur boîte et découvrent une petite tortue dedans. Le cadeau a un sens. C'est ce qui leur a sauvé la vie. Je crois qu'ils l'ont compris. Je lis un retour de joie dans leurs yeux.

Rebis dit qu'il a lui aussi une surprise. Il est parti ramasser des branches presque brûlées. Assis sur les marches, il fabrique une sorte de couronne de feuilles séchées. Ses petits doigts entremêlent les volutes végétales et leur donnent une seconde vie. Est-il possible d'être si habile à sept ans ? S'approchant de moi, il me fait signe de m'incliner. Puis délicatement, me pose son diadème sur la tête.

Je lâche alors :
— Maintenant, on rentre à la maison.

Dorénavant, j'aurai deux anniversaires. Je suis née deux fois. Main dans la main, nos trois silhouettes remontent l'escalier de notre hôtel blanc souillé.

Royaume brûlé.
Monarchie incinérée.
Je suis la Reine fricassée.

19 — À quelques lettres près

Une montre cassée donne l'heure exacte deux fois par jour. Alors qu'une montre en retard ne la donne jamais. J'ai passé mon existence à être cette montre en retard. Décalée par rapport à mes ambitions, arythmique sur ma partition pour jouer la symphonie de mes talents. Défectueuse et embuée sur mes remords et mes regrets. Finalement, jamais utile pour m'informer sur mes créneaux ou mes fuseaux horaires. Je veux rattraper ce retard, corriger mon décalage. Je ne veux plus être cette montre décalée désormais, je demandais juste à être réglée. À la bonne heure, il serait temps d'y songer ma chère !

Je suis restée à l'hôtel Aspaklaria avec Almandine et Rebis. Personne ne nous a demandé quoi que ce soit. J'ai vendu une partie de mes diamants pour financer les réparations de l'hôtel abîmé par le volcan. Le projet d'architecture en cours de Bracine aka Mercure dont parlait Ani, c'était l'hôtel lui-même, Aspaklaria, que j'avais trouvé encore en construction à mon arrivée.

L'architecte est parti avant d'avoir pu terminer son temple, son chef-d'œuvre, alors, je suis allée trouver un nouvel architecte pour prendre le relais. Pour le refaire à l'identique et terminer aussi la partie inachevée quand je suis arrivée. Au pied du volcan, sans le bouger d'un pouce. Peut-être est-ce déraisonnable, peut-être même complètement stupide, mais cela m'importe peu. Je comprends quoi qu'il en soit le côté vain de la propriété immobilière, et une sorte d'ascèse diamantesque me donne un nouveau souffle.

Peut-être faut-il avoir survécu à l'éruption d'un volcan ou quelque autre catastrophe ou drame dans une vie, pour réaliser que ce que l'on possède comme fortune matérielle ou richesse pécuniaire ne représente strictement rien. Nous n'emporterons absolument aucun bien lorsque sonnera l'heure de notre départ. Dépouillés de tout, purs et simples. La pierre sera encore debout longtemps après que nous serons partis. Nous naissons nus comme un ver, et nous repartirons nus comme un ver. Je sais qu'il faut que je le fasse, je le sais, je le sens. J'entends la voix de Makoto me le chuchoter à l'oreille :

— Tu es ce que tu veux être...

Et je veux être le Maître-d'œuvre de ce rétablissement, de cette renaissance architecturale. Laver en quelque sorte la salissure de l'origine de mes diamants. Leur donner pour une fois un véritable et pur éclat. Redonner la lumière à l'hôtel Aspaklaria. Le Phénix de granit de la vallée. Refaire de ce morceau de charbon le diamant du volcan. Réparer ce qui a été détruit, puis achever ce qui était commencé. Renaissance du temple calciné.

L'alliance elle aussi m'a parlé : ma RÉSURRECTION passera par la RECONSTRUCTION. J'avais rendez-vous ici avec cet hôtel à reconstruire. Ce n'était ni le hasard, ni accidentel. C'était écrit. L'Oracle m'a parlé. C'était sur ma route, c'était ma route, mon chemin. À l'autre bout de mon monde passé, Aspaklaria m'attendait pour que je me vois, que je me trouve enfin.

J'ai fini par découvrir ce que signifiait réellement le nom « Aspaklaria ». Ani et Bracine avaient choisi ce nom en référence à la kabbale juive, ce terme désignant l'appropriation de la lumière divine par l'intermédiaire, avant qu'il ne la restitue, tel un prisme ou un miroir particulier, avec ses propres caractéristiques. C'est là que la présence de tous les miroirs dans l'hôtel m'est apparue comme un vecteur de sens. L'ironie du sort, c'est que Bracine a fini aveugle, perdant de ce fait la lecture du prisme. Perdant d'ailleurs la lecture de tout, et surtout de l'essentiel.

Notre trio est redevenu un carré parfait, avec Garm, le chien-lion qui ne nous quitte plus et veille sur nous. Retour à la source, à l'équilibre. J'ai repris le rituel quotidien d'Ani, les sorties loin de l'hôtel avec une thématique quotidienne d'enseignement pour les enfants. J'ai comme le sentiment étrange d'être un peu leur nourrice, leur gouvernante, leur préceptrice, leur mère par procuration, ce qui flatte mon ego une fois encore. J'ai le cœur léger et l'âme en paix. Je flotte sur les nuages de la quiétude, au rythme lent de la reconstruction du bâtiment de granit blanc.

Par la force des choses, je suis de nouveau la gardienne d'un secret. Il ne m'appartient pas de révéler aux enfants la paternité de l'homme au chien-lion. Et je sais que Garm tiendra sa langue. J'ignore si c'est juste, si c'est bien ou non. J'essaie simplement et honnêtement de ne pas parasiter mon chemin avec un nouveau fardeau. Je l'ai déposé au bord du chemin, et nous avons continué notre route. Pour Almandine et Rebis, ils sont orphelins, c'est acquis depuis longtemps. Nous sommes déjà les funambules du destin, je ne vais pas secouer la corde sous nos pieds avec une autre confession. Je me passerai cette fois de chasuble et d'ostie. Je garderai le secret stérile. Toutes les révélations n'apportent pas que du bon.

Rebis, un soir m'a déposé quelque chose dans la main en me fixant, sans un mot. Lorsque j'ai posé les yeux dessus, j'ai découvert le passeport d'Ani. Je l'ai ouvert pour regarder sa photo. Et j'ai eu la sensation d'avoir un petit miroir dans la main. Comme une image inversée tel un négatif argentique. La même tête, le même visage, les mêmes traits, la même coupe de cheveux. Face blonde face brune. Et l'infinitésimal détail : la mouche sur la tempe près de l'œil. J'ignore pourquoi Rebis m'a donné le passeport, comme s'il se faisait le complice d'une usurpation d'identité, comme une autorisation au remplacement, un laisser-passer pour le relais d'une mère.

On ne peut pas savoir comment raisonnent les enfants, parce que nous-même avons oublié comment nous pensions à cet âge. La personne a beau être la même une fois devenue adulte, c'est comme si une part de notre essence, de notre substantifique mœlle avait changé chimiquement. On peut appeler cela de la matûrité par orgueil ou fierté. Je classerais plus volontiers cela dans la famille des éléments qui ont tourné ou qui ont passé, perdu de leur saveur d'innocence, la fleur fanée qu'on appelle spontanéité. Ce sont souvent des pans entiers de notre mémoire juvénile qui partent en fumée. Impossible de savoir pourquoi. Il est fréquent que certaines personnes vous parlent d'événements passés que vous avez connus, vécus, et cependant, rien n'est resté dans vos souvenirs. On vous les raconte, mais c'est de la mémoire raccommodée par les autres. Un patchwork bancal cousu par autrui. Ce ne sont pas réellement vos souvenirs.

Vos véritables souvenirs, votre cerveau a décidé de les jeter aux oubliettes, dans les limbes de vos archives. Ils y périront doucement sur votre chemin de vie. À moins qu'un bruit, un son ou un parfum ne les fasse un jour brusquement ressurgir, pour vous donner le vertige de la mélancolie. Les enfants ne savent jamais la chance qu'ils ont. Ils voudraient que les journées passent plus vite, le temps leur paraît souvent interminable. Une fois adultes, ils se raccrochent sans cesse à l'âge d'or de leur jeunesse qu'ils ont senti filer entre leurs doigts comme la minute dans un sablier.

Je suis le goulot d'étranglement de ce sablier. Je suis la main de Chronos qui sert la gorge du temps pour mieux percevoir ma destinée. Je suis la gardienne des félins qui veille sur leur croissance. Je suis la clé dans la serrure abandonnée.
VERROU – OUVERT.

Peut-être rouvrirons-nous l'hôtel aux résidents venus des quatre coins du monde. Mes petits jumeaux en sont les héritiers. Ce sera à eux de décider. Je ne suis que la clé de voûte de notre trio, eux en sont les deux colonnes. Ils sont les piliers de notre temple.

L'Oracle est accompli.

Nous sommes rares mes chers
Nous sommes le bras coudé de nos tristesses
Nous sommes l'oubli de nos regrets
Nous sommes la haine de nos remords
Nous sommes le sursaut de nos envies
Nous sommes la caresse de nos joies
Nous sommes le gouvernail de nos destinées
Nous sommes le présent
Nous sommes là, ici et maintenant

NOUS SOMMES.

Ma montre n'est plus en retard d'une heure quarante neuf à présent.
Je suis le Un, le point de départ.
Nous sommes le Quatre, le carré, la reconstruction stable.
Je suis le Neuf, j'ai terminé de ne m'occuper que de mon ego, pour me dédier à vous.

Ici-bas, je délaisse mon nom pour ne plus garder que mon prénom, l'essentiel.

JULIESSA
JE SUIS LÀ

Mais, et toi ?
Oui toi...
Sais-tu qui je suis ?

Nous sommes sur la berge.
Je commence à tracer sur le sable les mots « On récolte ce que l'on sème ».

Rebis regarde la phrase que je viens d'écrire sur la plage. Il me prend délicatement le bâton des mains, efface le dernier mot, puis le réécrit.

Il se recule, un sourire sur les lèvres. Almandine sourit elle aussi.

Et je découvre son palimpseste.
Les yeux mouillés, je lis :

« On récolte ce que l'on s'aime ».

Printed in Poland
by Amazon Fulfillment
Poland Sp. z o.o., Wrocław

68438424R00145